»I don´t believe in magic.«
The young boy said.
The old man smiled.
»You will, when you see her.«

- Atticus

Eni Lu

Bis ich dich finde

Ich träum' von Dir

© 2018 Eni Lu

Lektorat/Korrektorat: Helen/Katharina
Foto: MNStudio und A Lot Of People/Shutterstock.com
Cover: Eni Lu, Gimp

ISBN: 978-3-746088-83-9

Herstellung und Verlag:
BoD – Books on Demand, Norderstedt

Bibliografische Information der Deutschen Nationalbibliothek:
Die Deutsche Nationalbibliothek verzeichnet diese Publikation in der Deutschen Nationalbibliografie; detaillierte bibliografische Daten sind im Internet über http://dnb.dnb.de abrufbar.

Sophie

Gegenwart

»Wie soll man sich auf die *Realität* konzentrieren, wenn die *Träume* so viel bunter sind?«, ich nahm die Postkarte in die Hand und las sie laut vor. Auch, wenn es nur eine Karte von einer Raststätte irgendwo in Deutschland war, musste ich sie mitnehmen. Ich stöberte noch etwas in den Zeitschriften, konnte nicht an dem Regal mit den Süßigkeiten vorbeigehen, ohne mir welche zu nehmen, zog mir einen Kaffee an dem Automaten in der Ecke und ging zur Kasse.

»Das macht dann 107,53 €. Zahlen Sie bar oder mit Karte?«, die blonde Tankstellenfachverkäuferin sah mich fragend an und lächelte dabei ununterbrochen.

»Mit Karte!«

»Payback?«

»Nein!«

»Sammeln Sie …«

»Nein!«

Ich gab ihr die Karte und stellte fest, dass sich das Lächeln erst mal erledigt hatte. Entschuldigend sah ich sie an, denn im Normalfall war ich ein freundlicher Mensch.

Wirklich!

Ich wartete auf meinen Beleg, packte alles auf einen Arm und ging zurück zu meinem Wagen, der noch an der Zapfsäule stand. Vielleicht hätte ich heute Morgen einfach liegen bleiben und einen Tag später den Urlaub antreten sollen, doch wer konnte mir sagen, dass ich heute Nacht besser schlafen würde? Ich nahm einen großen Schluck von meinem Kaffee, bevor ich ihn in die Becherhalterung stellte, öffnete die Packung Gummibärchen und nahm mir eine Handvoll raus. Die meisten davon landeten sofort in meinem Mund und ich verstaute kauend die Karte im Handschuhfach. Noch einen kurzen Blick in den Spiegel geworfen und geschockt den halb vollen Mund aufreißen. Die Ringe unter meinen Augen waren kaum zu übersehen, meine Augen selbst trüb und blass, wobei sie sonst miteinander um die Wette leuchteten. Sie waren schon immer mein Markenzeichen, *einzigartig*, wie mein Vater immer sagte, doch gab es dieses Phänomen öfter. *Iris-Heterochromie*, zwei verschiedene Augenfarben. Das linke Auge giftgrün, das rechte Auge strahlendblau.

Für manche verwirrend, für viele faszinierend, für mich normal.

Ich überlegte, ob ich etwas gegen die Augenringe unternehmen sollte, doch entschied mich dagegen. Ich saß sowieso alleine im Auto und das noch mehrere Stunden. Noch knapp 500 Kilometer, bis ich mein Ziel *Venedig* erreicht haben sollte. Ungefähr die Hälfte hatte ich schon hinter mir gelassen und konnte es kaum erwarten, endlich anzukommen.

An den Ort, an dem ich schon in meiner Kindheit am liebsten gewesen bin.

An den Ort, an dem meine Eltern auf mich warten würden.

An den Ort, der mich hoffentlich vergessen lassen würde.

Mich ablenken würde.

Von *ihm*.

In letzter Zeit träumte ich immer öfter von ihm und er wurde von Mal zu Mal realer. Ich konnte oft nicht mehr zwischen Traum und Realität unterscheiden, sah ihn auf der Straße, lief ihm hinterher und sprach ihn an, nur um festzustellen, dass er es nicht war. Jedes Mal brach es mir aufs Neue das Herz, denn ich liebte diesen Mann. Nie zuvor hatte ich geliebt und ich war mir sicher, dass ich nie jemanden so lieben könnte, wie ihn.

Einen Mann, der seit Monaten nur in meinen Träumen existiert.

Ein Mann, der meine Welt auf den Kopf gestellt hat, sodass sie sich zum ersten Mal richtig rum anfühlt.

Einen Mann, der vielleicht nicht mal real war …

Der erste Traum

Sollte es jetzt etwa so weit sein?

Er stand direkt vor mir, seine Augen waren geschlossen, seine Lippen gespitzt, seine Hände lagen an meiner Hüfte und hielten mich an Ort und Stelle. Seit einer Woche war ich sozusagen mit Martin zusammen.

Mein erster Freund.

Wir kannten uns schon einige Zeit, da wir in dieselbe Klasse gingen, doch mein Interesse hielt sich immer in Grenzen. Bis zu dem Abend, an dem mich meine Freundinnen überredeten, es mit ihm zu versuchen. *Du bist 17 Jahre alt und hattest noch nie einen Freund. Er mag dich echt gerne und sieht total gut aus!*, hatten sie gesagt.

Und was tat ich?

Ich hörte auf sie.

Nun stand ich hier, vor meiner Haustür, mit weit aufgerissenen Augen. Er hatte darauf bestanden mich noch zur Tür zu bringen und kam schneller zur Sache, als ich es mir gewünscht hätte. War ich wirklich bereit dafür?

Klar, er war nett, hübsch und bei allen beliebt, aber … war ich verliebt in ihn?

Nein.

Doch ich war 17 Jahre alt und hatte weder meinen ersten Kuss, geschweige denn mein erstes Mal erlebt. Also, Augen zu und durch. Ich schloss meine Augen, während er immer näher auf mich zukam. Plötzlich berührten sich unsere Lippen, ich erwartete ein Prickeln, ein Kribbeln, ein Feuerwerk der Gefühle, doch spürte …

… nichts.

Nur seine wirklich harten Lippen, die vom Kinopopcorn klebten und rein gar nichts in mir auslösten. Er lächelte mich an und presste ein weiteres Mal seine Lippen auf meine, was sich noch verkehrter anfühlte.

Das war er also?

Mein erster Kuss?

Ich hatte nie irgendwelche Vorstellung, wie er wohl sein würde, doch ich hätte mir mehr erwartet. Vielleicht lag es aber auch daran, dass ich keine Gefühle für ihn hatte; dass ich noch nie Gefühle für einen Jungen hatte.

Er verabschiedete sich von mir und stieg in sein Auto, rief mir noch zu, dass er sich am nächsten Tag melden würde. Schnell öffnete ich die Tür und schlich mich nach oben, damit meine Eltern ja nicht auf die Idee kamen, mich auf das Date anzusprechen. Ich wollte mit niemandem sprechen. Selbst meine beste Freundin rief ich nicht an, sondern schrieb ihr nur eine kurze Nachricht, dass ich mich später bei ihr melden würde.

Ich ließ mich auf mein Bett fallen und strich mir mit beiden Händen über mein Gesicht. Was stimmte nur nicht mit mir? Alle anderen Mädchen aus meiner Klasse waren viel weiter als ich, hatten ihre ersten Freunde, ihren ersten Sex, und ich hatte erst jetzt meinen ersten Kuss hinter mir, mit einem Jungen, der mir absolut nichts bedeutete. Alle erzählten immer von diesem Kribbeln, dieser Aufregung, doch nichts davon spürte ich.

Ich stand wieder auf und ging ins Bad, stellte mich vor den Spiegel und öffnete meinen Zopf, den ich mir am Nachmittag mühevoll geflochten hatte. Meine braunen Haare fielen auf meine Schultern und hingen etwas lockiger als zuvor von meinem Kopf. Ich nahm mir die Abschminktücher, die auf der Ablage lagen, und wischte mir damit über mein Gesicht. Selten schminkte ich mich so viel wie an diesem Abend, doch meine Mutter sagte mir, dass das erste Date etwas Besonderes wäre. Ganze drei Tücher brauchte ich, bis alles restlos entfernt war. Auch die Ringe unter meinen Augen tauchten wieder auf, denn ich hatte die letzten Nächte nicht gut geschlafen. Woran es lag? Ich hatte keine Ahnung.

Nachdem ich mir zwei Mal die Zähne geputzt hatte, da ich den Geschmack von Popcorn und Martin nicht wegbekam, legte ich mich ins Bett und schaltete den Fernseher an, um mich abzulenken. An Schlaf war noch nicht zu denken, denn der Abend hatte mich aufgewühlt.

»Sophie?«, es klopfte an der Tür und ich hörte die Stimme meiner Mutter, wie sie liebevoll meinen Namen aussprach, so, wie es nur eine besorgte Mutter konnte.

»Die Tür ist offen!«, sie betrat das Zimmer, während ich mich aufrecht auf mein Bett setzte. Sofort nahm sie neben mir Platz und sah mich durch ihre große Brille an.

»Wie war dein Date mit Martin? Du warst so schnell in deinem Zimmer verschwunden … kein gutes Zeichen?«, fragend, mit gerunzelter Stirn, sah sie mich an und ich schüttelte den Kopf.

»Er hat mich geküsst und es fühlte sich irgendwie … falsch an! Ich finde ihn wirklich nett, aber ich bin nicht … also …«

»Du bist nicht verliebt in ihn!«, verständnisvoll nickte sie und nahm mich in den Arm. Nie im Leben hatte ich einen so fürsorglichen, liebevollen Menschen gesehen, wie meine Mutter. Viele meiner Klassenkameraden sprachen oft davon, wie genervt sie von ihren Eltern wären, doch ich konnte nie etwas dazu sagen. Ich hatte genug Freiheiten, konnte über alles mit ihnen sprechen und sie halfen mir, wo sie nur konnten.

»Bin ich unnormal?«, meine Mutter gluckste an meinen Hals und ich drückte sie leicht von mir, um ihr verwirrt in die Augen zu sehen.

»Sophie, nur, weil du nicht in jemanden verliebt bist, bist du nicht gleich unnormal. Die einen verlieben sich früher, die anderen später. Du wirst wahrscheinlich noch viele Männer kennenlernen, in die du dich entweder verliebst oder nicht. Martin gehört nicht dazu. So ist das Leben!«, endlich konnte auch ich mir ein Lächeln abgewinnen, denn alles, was sie sagte, beruhigte mich vollkommen.

»Danke, Mama!«, ich gab ihr einen Kuss auf die Wange, bevor sie aufstand und zur Tür ging.

»Schlaf gut, mein Schatz!«, sie pustete mir einen Handkuss zu, den ich sofort auffing, und verschwand aus meinem Zimmer. Nur wenige Minuten später schaltete ich den Fernseher wieder aus, denn die Müdigkeit überkam mich schneller, als gedacht. Ich klopfte mein Kissen auf, kuschelte mich in meine Decke ein und schloss die Augen, in der Hoffnung, wenigstens in dieser Nacht schlaf zu finden.

Ich stehe auf einer großen Wiese und blicke dem Sonnenuntergang entgegen. Das Gras kitzelt unter meinen Füßen, der Wind weht durch mein Haar. Selten habe ich mich so frei gefühlt, wie in diesem Moment. Ich breite meine Arme aus, schließe meine Augen und habe das Gefühl, fliegen zu können. Ich fliege der Sonne entgegen, die sanft auf meiner Haut kitzelt und mich in Wärme hüllt. Ich öffne meine Augen, denn ich möchte sehen, wohin ich fliege, doch ich stehe noch immer auf der Wiese und sehe eine Silhouette im Sonnenlicht.

Die Silhouette eines Mannes.

Er kommt auf mich zu und wird mit jedem Schritt größer, doch ich spüre nicht mal einen Anflug von Angst. Je näher er mir kommt, desto Wohler fühle ich mich, als würde alleine seine Aura mir guttun, mich stärken, mir Sicherheit geben. Nur noch wenige Meter entfernt bleibt er stehen und ich schaue ihn mir ganz genau an, während er mich von Kopf bis Fuß begutachtet. Seine hellbraunen Haare sehen aus, als hätte er sie mit einer Hand nach hinten gekämmt, wobei er eine Strähne vergessen hatte, die ihm noch in der Stirn hing. Seine blauen Augen brennen auf mir. Die Nase gerade, die Lippen voll und wohlgeformt, alles in allem ein perfektes Gesicht. Ein leichter Bartschatten lässt ihn noch attraktiver wirken. Er ist ziemlich groß, mehr als ein Kopf größer als ich und sein Körper ist trainiert und definiert. Durch sein schwarzes, enganliegendes Shirt kann ich jeden seiner Muskeln erkennen und ein Schauer fließt durch meinen Körper.

Noch nie habe ich einen solch schönen Mann gesehen.

Plötzlich streckt er seine Hand aus, entblößt ein Lächeln, das mir kurz den Atem raubt, und kommt langsam auf mich zu. Auch ich setze einen Fuß vor den anderen, strecke meine Hand aus und kann es kaum erwarten, ihn endlich zu spüren. Eine Gänsehaut zieht sich über meinen kompletten Körper, denn es sind nur noch wenige Zentimeter. Nur noch ein Schritt. Gleichzeitig gehen wir den letzten Schritt und endlich berühren sich unsere Finger zart und vorsichtig. Jede berührte Stelle kribbelt und hinterlässt ein warmes Gefühl, das nicht einmal die Sonne so schön hinbekommen würde. Unsere Blicke finden sich und ich halte die Luft an, denn von Nahem ist er noch viel schöner, noch viel größer. Wieder lächelt er auf mich herab, was ich sofort erwidere, denn es ist ansteckender als jede Krankheit. Er sieht fasziniert und erstaunt von einem in das andere Auge, kommt noch einen Schritt näher, sodass sich unsere Körper fast berühren, und legte eine Hand an meine Hüfte. Er nimmt meine Hand und legt sie an seine Brust, legt seine Hand daraufhin an meine Wange, die sofort beginnt zu glühen und zu kribbeln. Es scheint mir, als wolle er etwas sagen, doch er schluckt nur hart und visiert mit seinem Blick meine Lippen an. Als sich unsere Blicke wieder treffen, weiß ich, was passieren wird und ich habe mir selten etwas so sehr gewünscht. Er schließt seine Augen, seine Lippen sind einen Spalt geöffnet, und er zieht mich näher zu sich. Unsere Körper berühren sich und ich kann seinen Herzschlag nicht nur hören, sondern auch spüren. Ungleichmäßig, schnell, ein unvergesslicher Takt. Auch ich schließe meine Augen und lasse mich nur von meinen Gefühlen leiten. Seine Lippen ziehen mich an wie Magneten und tausende Blitze schießen durch meinen Körper, als sie endlich die meinen berühren. Sanft, warm, liebevoll … perfekt. Das Feuerwerk der Gefühle, welches ich mir die ganze Zeit gewünscht hatte, fegt über mich hinweg und hinterlässt die hellsten Farben an meinem Horizont. Seine Zunge streicht zart über meine Lippen, die ich für ihn öffne, als hätte ich es schon tausende Male gemacht. Unsere Zungen berühren sich und ich weiß, dass ich nie genug davon bekommen werde. Sekunden, Minuten, Stunden … wie lange wir uns küssen, weiß ich nicht. Mein Zeitgefühl ist genauso verloren wie mein Herz. Das Gefühl, das ich in jeder Faser meines Körpers spüre, muss es sein.

Das muss Liebe sein.

Unsere Lippen trennen sich voneinander und ich öffne meine Augen, sehe direkt in seine, die so tiefblau wie das Meer glänzen. Sanft streichelt er mit seinem Daumen über meine Wange und lächelt mich an. Sein Blick sagt mir alles, was ich wissen muss und in diesem Moment weiß ich, dass er dasselbe fühlt wie ich …

Geweckt von Vogelgezwitscher streckte ich mich gähnend. Seit Wochen hatte ich nicht mehr so gut geschlafen und ich fühlte mich einfach großartig, was natürlich nur an *ihm* lag …

Erschrocken riss ich meine Augen auf und setzte mich so schnell hin, dass mich ein leichtes Schwindelgefühl überkam. Der Traum …

Was war das?

Und wo war er hin?

Ich legte die Finger an meine Lippen, denn ich konnte noch immer das Kribbeln spüren. Selbst sein Geschmack lag noch auf meiner Zunge. Mein Herz klopfte plötzlich viel schneller. Meine Haut brannte noch von seinen Berührungen und ich war mir mehr als sicher, dass das kein Traum gewesen sein konnte. Die Gänsehaut, dieses Gefühl von Wärme, Geborgenheit und … Liebe, all das fühlte sich so real an, so wirklich. Ich legte mich wieder hin und zwang mich, meine Augen geschlossen zu halten, in der Hoffnung, den Traum weiterführen zu können, doch alle Versuche waren vergebens. Nur die Erinnerungen an diese Augen, dieses Lächeln, diesen Kuss blieben mir.

Ja … genau so musste es sein.

So musste ein erster Kuss sein …

Der zweite Traum

Ich entschied mich dazu, erst mal abzuwarten und Martin noch eine Chance zu geben. Ganze drei Wochen waren seit unserem ersten und einzigen Kuss vergangen, denn irgendetwas hinderte mich daran, es wieder zu tun. Wir verbrachten meist nur in der Schule gemeinsame Zeit, da ich in den Prüfungsphasen viel zu Hause war, um zu lernen. Auch, dass meine Freundinnen in der Schule immer in meiner Nähe waren, spielte mir gut in die Karten, denn so hielt auch er sich zurück. Ich merkte ihm ständig an, dass er gerne mehr Zuneigung von mir gehabt hätte, doch ich konnte sie ihm nicht geben.

Wegen *ihm*.

Seit drei Wochen ging er mir nicht mehr aus dem Kopf.

Der junge Mann, der mir die Gefühle gezeigt hatte, nach denen ich mich schon so lange sehnte.

Der mir den Kuss geschenkt hatte, den ich mir in meinem tiefsten Inneren genauso gewünscht hatte.

Der junge Mann, der nicht existierte.

Ich hatte seither nicht mehr von ihm geträumt, so sehr ich es mir auch wünschte, doch sein Bild zeichnete sich ständig vor meinem inneren Auge ab. Auch geschlafen hatte ich seitdem nicht mehr so gut, was mir wieder Augenringe und eine blasse, kränkliche Haut bescherte.

»Wie war die Schule?«, meine Mutter stand am Herd, während ich den Tisch deckte.

»Viel zu lang!«, glucksend drehte sie sich zu mir herum, als mein Vater das Esszimmer betrat. Er gab mir einen Kuss auf die Wange, ging zu meiner Mutter und küsste sie liebevoll auf den Mund.

»Wie war die Arbeit, Schatz?«

»Viel zu lang!«, sofort prusteten meine Mutter und ich los, während mein Vater sich kopfschüttelnd an den mittlerweile fertig gedeckten Tisch setzte.

»Ihr beide seid euch so erschreckend ähnlich!«, sie stellte einen Topf mit Kartoffeln auf den Tisch und setzte sich ebenfalls, was ich ihr gleichtat.

»Falsch! Sophie ist um Einiges besser als ich. Hast du die Klausuren schon zurückbekommen?«, ich nickte und lächelte ihn breit an.

»Wieder mal die volle Punktzahl?«, ich nickte wieder und mein Lächeln wurde breiter.

»Spanisch, Französisch und Englisch?«, diesmal nickte ich Augen verdrehend.

»Streber!«, er gab mir einen Kuss auf die Stirn und ich musste lachen, denn ich wusste, wie es gemeint war. Ich war das Sprachtalent der Familie und liebte es, mir neue Fremdsprachen anzueignen. Schon als junges Mädchen lernte ich italienisch, da ich mich im Urlaub besser verständigen wollte. Seitdem stand für mich fest, dass ich ein Fremdsprachenstudium belegen würde.

»Dafür hast du dir wirklich etwas verdient! Sollen wir gleich eine kleine Shoppingtour starten, wenn Papa wieder auf der Arbeit ist?«, meine Mutter sah mich mit wackelnden Augenbrauen an und ich konnte nicht widerstehen. Eine kleine Auszeit sollte ich mir zwischen dem ganzen Lernen gönnen.

»Das wäre großartig!«, ich klatschte freudig in die Hände, während diesmal mein Vater derjenige war, der die Augen verdrehte. Während des Essens wurde noch mehr über Schule, Arbeit und Studium geredet, doch ich hatte nur die neuen Schuhe im Kopf, die in irgendeinem Laden auf mich warteten.

***

Erst spät kamen wir von der erfolgreichen Shoppingtour zurück und ich konnte es kaum erwarten, all die ergatterten Stücke ein weiteres Mal anzuziehen. Ich lief sofort in mein Zimmer, warf die Tüten auf mein Bett und zog mich bis auf die Unterwäsche aus. Zuerst zog ich die enge, schwarze Jeans an, in die ich mich sofort verliebt hatte. Dazu eine weiße Bluse mit großen Blumenmustern und die weißen Heels, die ich einfach mitnehmen musste. Ich drehte mich vor dem Spiegel und war sehr zufrieden mit dem, was ich sah. Ich konnte mich nie über meine Figur beklagen und merkte ständig die Blicke der Jungs, wenn ich an ihnen vorbeiging.

Ich nickte das Outfit ab und zog das Kleid an, das meine Mutter mir unbedingt kaufen musste. Es war weiß, bodenlang, rückenfrei und an sich einfach wunderschön, doch wann sollte ich es tragen? Nie würde ich einen Anlass dazu finden, doch meine Mutter sagte, dass ich ihr irgendwann dafür danken würde. Wieder drehte ich mich vor dem Spiegel und seufzte laut auf.

Es war perfekt.

Ich sah aus wie ein Engel und fühlte mich wie auf Wolken. Der Stoff war so weich und schmiegte sich um meinen Körper, als wäre es eine zweite Haut. Am liebsten hätte ich es nicht mehr ausgezogen, doch für ein Nachthemd war es zu schade. Ich zog es aus und hing es für eine unbestimmte Zeit in den Schrank, neben all die anderen Kleider, die ich selten trug, und ging ins Bad. Als ich wieder in mein Zimmer kam und die Tüten von meinem Bett nahm, sah ich, dass mein Handy blinkte. Ich legte mich ins Bett und öffnete die Nachricht.

Es tut mir leid, aber ich kann nicht länger mit dir zusammen sein.

Hart schluckend las ich den Satz ein weiteres Mal und legte mein Handy beiseite. Das war härter, als ich gedacht hatte. Natürlich war ich nicht in ihn verliebt und wusste, dass es irgendwann so weit kommen musste, trotzdem setzte mein Herz für einen kurzen Schlag aus. Immerhin war es meine erste Trennung und ich hatte keine Ahnung, wie ich damit umgehen sollte. Sollte ich etwas zurückschreiben? Wenn ja, was? Vielleicht sollte ich meine beste Freundin fragen. Julia hatte bereits mehrere Freunde und steckte mit Sicherheit schon in derselben Situation. Auch meine Mutter könnte ich fragen. Doch dann müsste ich mir anhören, dass es eh nicht gut war, weiterhin mit jemandem zusammenzubleiben, für den man keinerlei Gefühle hatte. Ich könnte auch einfach versuchen zu schlafen und morgen in der Schule persönlich mit ihm sprechen.

Fest entschlossen kuschelte ich mich in meine Decke und hing noch einen Moment meinen Gedanken nach, bis ich fern in meine Traumwelt versank.

Ich bin von vielen Menschen umgeben. Alle rennen hektisch an mir vorbei, jeder scheint im Stress zu sein und ich gehe in der Masse unter. Niemand beachtet mich, niemand nimmt mich wahr. Ich schaue mich um und sehe große Gebäude, Läden, Restaurants. Ich versuche einen Schritt nach vorne zu gehen, doch es funktioniert nicht. Ich bewege mich nicht von der Stelle. Die Menschen um mich herum werden immer schneller. Männer im Anzug, telefonierend, gestresst, rempeln mich an, um schneller an ihr Ziel zu gelangen. Wo auch immer dieses ist. Ich habe das Gefühl zu versinken. Als wären diese Menschen unberechenbare Wellen, die mich immer tiefer in die Dunkelheit ziehen.

Fluchtgedanke.

Ich muss hier weg, doch ich kann nicht.

Auf einmal steht er vor mir, so nah, dass es mir unangenehm ist. Martin.

Er brüllt mich an, doch ich kann ihn nicht hören. Alles, was ich wahrnehme, sind die lauten Stimmen der telefonierenden Männer. Ich halte mir die Ohren zu, schreie, flehe Martin an, mich wegzubringen, doch er schaut mich nur verständnislos an und dreht sich um. Langsam geht er weg, sodass es zwischen den hektischen

Menschen aussieht, als würde er sich in Zeitlupe bewegen. Ich schreie lauter und habe das Gefühl, jeden Moment zusammenzubrechen.

Doch plötzlich steht alles still.

Alle Menschen um mich herum sind wie erstarrt, wie gefroren.

Ich hebe meinen Blick und sehe ihn. Er kommt schnellen Schrittes auf mich zu und mit jedem Meter, den er mir näherkommt, beruhige ich mich ein bisschen mehr. Mein Puls wird nun nicht mehr von der Angst, sondern von einem anderen, wunderschönen Gefühl geführt. Sein Gesicht ist ernst, markant, wunderschön, wie in meiner Erinnerung. Doch noch etwas erkenne ich in seinem Blick.

Besorgnis.

Ich will etwas sagen, doch in diesem Moment hat er mich schon erreicht. Mit einer Hand in meinem Nacken und der anderen an meinem Rücken, zieht er mich näher zu sich und drückt mich an seine Brust. Das Gefühl in seinen Armen zu liegen und einfach nur seine Wärme zu spüren lässt mich wieder auf Wolke 7 steigen. Ich spüre seine Lippen an meiner Stirn und sein heißer Atem beschert mir die Gänsehaut, nach der ich mich die letzten Wochen so sehnte. Ich schließe meine Arme um ihn und lege meine Hände auf seinen Rücken, der sich kurz merkbar anspannt. Ich spüre den Schauer, der durch seinen Körper fährt, und drücke ihn noch näher an mich, was er mit einem wohligen Seufzer kommentiert. Er löst sich langsam von mir und die Panik steigt wieder auf.

»Geh nicht! Bitte! Lass mich nicht alleine!«, er steht vor mir und lächelt mich an. Breit, offen und atemberaubend. Er streckt seine Hand nach mir aus, die ich sofort ergreife.

»Ich würde dich nie alleine lassen!«, seine dunkle, heisere Stimme lässt mich kurz erzittern und löst etwas in mir aus, was ich zuvor noch nicht kannte.

»Lass uns gehen!«, er will losgehen, doch ich halte ihn zurück.

»Ich kann nicht. Ich kann mich nicht bewegen.«

Er blickt über seine Schulter zu mir zurück. Unsere Hände sind noch immer miteinander verbunden, sein Mund formt ein beruhigendes, liebevolles Lächeln.

»Vertrau mir!«, ohne seine Worte auch nur kurz anzuzweifeln, setzte ich einen Fuß vor den anderen und gehe los.

Mit ihm.

Wohin?

Das ist mir egal, denn ich würde ihm überall hin folgen.

Wir schlängeln uns durch die noch immer erstarrten Menschen und er führt mich, als würde er unser Ziel genau kennen. Ich fühle mich endlich wieder frei. Unser Weg ist lang, doch schlagartig ändert sich die Kulisse und wir stehen auf einer Blumenwiese.

Auf unserer Wiese.

Er dreht sich zu mir und legt seine Hand an meine Wange, an die ich mich schmiege und die Wärme genieße. Sein Blick ruht auf mir, in meinen Augen, auf meinen Lippen, und ich kann nicht anders, als mich auf meine Zehenspitzen zu stellen, die Arme um seinen Hals zu legen und seinen Mund mit meinem zu verschließen. Sanft und zart küssen wir uns, ohne Eile, aber mit viel Prickeln und Gefühl. Wie sehr ich es vermisst hatte, wird mir erst in diesem Moment bewusst.

Das war es einfach.

So sollte es immer sein …

Ein schrilles Geräusch riss mich aus dem Schlaf, der selten so tief und erholsam war. Ich stellte den Wecker aus und drehte mich zurück auf den Rücken.

Er war wieder da und es kann kein Traum gewesen sein.

Alles fühlte sich so real an, ich konnte ihn noch fühlen, noch schmecken, noch riechen. Selbst die Gänsehaut auf meinem Körper sprach dafür und Gänsehaut lügt nicht.

Gänsehaut lügt nie.

Doch ich konnte mich so viel umsehen, wie ich wollte, er war nicht hier. Er war eine wunderschöne Erfindung meiner Fantasie und mein Kopf spielte mir damit einen fürchterlichen Streich, indem er alles so echt wirken ließ. Ich rieb mir mit beiden Händen die Augen und versuchte den Gedanken an ihn und den Traum beiseitezuschieben, stand auf, und verschwand sofort im Bad. Der Spiegel zeigte mir einen komplett anderen Menschen, als ich ihn noch gestern sah. Meine Augen leuchteten wieder, die Augenringe waren wie weggewischt, ich sah ausgeschlafen und erholt aus.

Selbst meiner Mutter, die in der Küche schon den Tisch fürs Frühstück gedeckt hatte, fiel auf, dass ich anders aussah und ich überlegte, ob ich ihr von den Träumen erzählen sollte. Doch wahrscheinlich würde sie mich für verrückt erklären, was nachvollziehbar war, denn ich wusste ja selbst, dass irgendwas mit mir nicht stimmen konnte.

Wenigstens lenkten die Gedanken an *ihn* und meine geistige Unzurechnungsfähigkeit mich von dem bevorstehenden Desaster ab, dass mich nun in der Schule erwarten würde. Ich musste mich Martin stellen, bei dem ich mich nicht mehr gemeldet hatte, Julia und den anderen Mädels, die bis gestern noch dachten, dass wir glücklich miteinander wären, und den anderen Mitschülern, die sowieso immer über alles und jeden redeten.

Als ich die Schule betrat und den Gang entlangging, waren die meisten Schüler schon vor Ort. Ich entdeckte Martin, der mit meinen Freundinnen und ihren Freunden in einem Kreis stand und ihnen scheinbar gerade von unserer Trennung erzählte, denn genau das konnte ich aus den geschockten Gesichtern der Mädels erahnen. Plötzlich entdeckte Julia mich und tippte Martin an, der sich sofort umdrehte und zu mir kam. Wie erstarrt blieb ich stehen, während alle um mich herumliefen, redeten und lachten. Genau vor mir blieb er stehen und brüllte mich an.

»Hast du meine Nachricht gestern nicht bekommen? Falls du es noch nicht mitbekommen hast, ich habe mit dir Schluss gemacht! Aber wahrscheinlich interessiert es dich überhaupt nicht, genauso wenig wie ich dich jemals interessiert habe! Du hättest dich wenigstens mal melden können, vielleicht hätte ich dir sogar noch eine Chance gegeben! Und ich war die letzten Wochen so dumm und bin dir hinterhergelaufen … für *einen* verdammten Kuss! Du bist so ein verklemmtes Miststück! Und ich bin nicht der Einzige, der so über dich denkt! Lass dich bei uns nicht mehr blicken, du bist unten durch!«, Tränen brannten in meinen Augen und ich sah zu meinen Freundinnen, die mittlerweile um uns standen, so wie alle anderen Mitschüler auch. Sie formten mit ihren Lippen ein gequältes *Sorry*, drehten sich um und gingen, genauso wie Martin. Sie ließen mich alleine stehen, erstarrt, zitternd, gedemütigt.

Es war fast wie in meinem Traum, doch stand ich nun alleine da.

Er kam nicht um mich zu retten.

Er existierte nicht …

Der dritte Traum

Zwei Monate waren seit dem Vorfall in der Schule vergangen und die Gemüter hatten sich wieder beruhigt. Martin entschuldigte sich schon am nächsten Tag für die öffentliche Bloßstellung und erklärte, er sei einfach nur unglaublich gekränkt gewesen. Manchmal ist böse sein eben nur eine Art zu verbergen, wie traurig man ist. Ich konnte es verstehen, doch die Worte, die er mir an den Kopf geworfen hatte, konnte ich nicht vergessen. Auch meine Freundinnen hatten sich bei mir entschuldigt, und da ich kein nachtragender Mensch war, machten wir einfach so weiter, als wäre nichts passiert.

Das Leben musste weitergehen.

Immer.

Wenigstens hatte ich seither nicht mehr von *ihm* geträumt und war mir mittlerweile ziemlich sicher, dass er nur in meinem Kopf rumschwirrte, damit ich merkte, wie falsch die Beziehung mit Martin war.

Doch irgendwie vermisste ich ihn.

Das Kribbeln der berührten Stellen, das noch stundenlang auf meiner Haut zu spüren war. Seine tiefe, harte Stimme, die gleichzeitig so sanft und warm war. Der Geschmack seiner Küsse.

Das Gefühl, endlich etwas zu *fühlen*.

Auch wenn ich wusste, dass er nicht existierte, fühlte ich noch die Liebe. Manchmal braucht das Herz eben länger, um etwas zu akzeptieren, was der Kopf längst weiß.

Ein Schauer lief mir über den Rücken und ich lenkte mich schnell von dem Gedanken ab, denn ich musste mich auf andere Dinge konzentrieren. Zum Beispiel darauf, welches Outfit ich am Abend anziehen sollte. Heute war mein achtzehnter Geburtstag und das musste gebührend gefeiert werden. Schon in einer halben Stunde sollte Julia mich abholen, damit wir in den angesagtesten Club der Stadt gehen konnten. Das Diamonds war der Lieblingstreffpunkt unserer Clique, doch da ich die jüngste und der Eintritt unter achtzehn Jahren verboten war, konnte ich erst heute das erste Mal mitgehen. Seit Wochen freute ich mich darauf.

Vor meinem Schrank stehend, fiel mir die Auswahl des *Outfit of the day* nicht allzu schwer. Viele Sachen besaß ich nicht, doch was ich hatte, konnte man perfekt miteinander kombinieren. Ich zog also meine neue schwarze Jeans, eine hellblaue Bluse und meine dazu passenden Heels an, ging ins Bad und stylte mich für den Abend. Als ich so weit zufrieden mit mir war, verabschiedete ich mich von meinen Eltern, ging an die Straße, an der Julia schon auf mich wartete und wir fuhren los, um die anderen Mädels einzusammeln und endlich meine Volljährigkeit zu feiern.

***

Der Club war zu voll, die Getränke zu teuer und die Musik zu laut. Ich saß an der Bar und fragte mich ernsthaft, wie die Mädels es hier jedes Wochenende aushalten konnten. Doch die hatten ihren Spaß und waren von der Tanzfläche nicht mehr wegzudenken. Sie bewegten sich im Takt der Musik und es schien mir, als würden sie von den lüsternen Blicken der Männer nur noch mehr angeheizt. Ich hatte schon den ganzen Abend damit zu kämpfen, mir die Männer vom Hals zu halten, denn ich war nicht in der Stimmung für nervige und schlecht Anmachsprüche. Lieber widmete ich mich dem überteuerten Alkohol, der die Situation wenigstens etwas erträglicher machte. Scheinbar war ich für das Partyleben genauso wenig geboren, wie für das Liebesleben.

Ich nahm einen großen Schluck von meinem Cocktail und ließ meinen Blick durch den Club schweifen. Die Mädels sahen zu mir rüber und winkten mich zu sich, doch ich schüttelte nur den Kopf. Sofort verdrehten sie die Augen und fingen an zu tuscheln; eine Reaktion, die ich schon öfter sehen musste. Wieder widmete ich mich meinem Getränk und zog es mit einem großen Schluck leer, lenkte mich ab. Viel zu oft machte ich mir Gedanken darüber, warum sie so auf mich reagierten, warum ich so anders war als sie.

»Bist du ganz alleine hier?«, ich drehte mich zur Seite und blickte in hellbraune, mich sofort einnehmende Augen. Sie gehörten zu einem schick gekleideten, braun gebrannten Mann, der sicherlich ein paar Jahre älter war als ich.

»Meine Freundinnen sind auf der Tanzfläche …!«, verlegen strich ich mir eine Strähne hinters Ohr und schaute zu den Mädels, die ihre Arme schwungvoll in die Luft warfen und in ihrer eigenen Welt schwebten, auf der ich mich so fehl am Platz fühlte.

»Wie kann man nur eine so hübsche Frau alleine lassen?«, seine weißen Zähne blitzen mir entgegen, kleine Lachfalten bildeten sich an seinen Augen. Auch wenn ich schon den ganzen Abend jegliche Flirtversuche abblockte, war ich gerade froh, nicht mehr alleine zu sein und ließ mich auf ein Gespräch ein.

»Vielleicht hat die *hübsche Frau* ja selbst entschieden, alleine zu bleiben?«, ich versuchte mich an einem Lächeln und bestellte mir einen weiteren Drink, der mir sofort gereicht wurde. Er übernahm das Bezahlen für mich und orderte noch zwei Tequila, die uns mit Salz und Zitrone serviert wurden. Er stellte einen vor mich, nahm den anderen selbst.

»Darf ich dir denn trotzdem Gesellschaft leisten?«, wieder lächelte er mich an und hob das Pinnchen mit der klaren Flüssigkeit, um mit mir anzustoßen. Ich tat es ihm gleich und stieß Glas an Glas, um danach das Pinnchen anzusetzen und es in einem Rutsch zu trinken.

Meine erste Erkenntnis: Der Tequila schmeckte absolut widerlich.

Meine zweite Erkenntnis: Auch der Geschmack der salzigen Zitrone konnte daran nicht viel ändern.

Meine dritte Erkenntnis: Ich musste eine ziemliche Grimasse gezogen haben, denn der hübsche, mir noch unbekannte Mann konnte sein Lachen kaum zurückhalten. Er nahm mir das Pinnchen aus der Hand und reichte mir meinen Cocktail zum Nachtrinken.

»Dein erster Tequila?«

»Ist das so offensichtlich?«, ich nahm einen weiteren Schluck, denn der bittere Geschmack ließ einfach nicht nach. Er antwortete mit einem Nicken und streckte mir seine Hand entgegen.

»Ich bin Nick!«, ich legte meine Hand in seine und stellte mich ihm ebenso vor. Er umfasste sie zart und vorsichtig und ich fühlte …

… nichts.

Nicht so wie bei …

Mit einem Mal sah ich nur noch *sein* Bild vor meinen Augen. Dieses perfekte Gesicht, diese vollen Haare, seine starken Arme, in die ich mich einfach nur fallen lassen wollte. Nick, der nichts ahnend vor mir saß, konnte nicht im Geringsten mit ihm mithalten. Wie konnte ich auch davon ausgehen, die Schönheit in jemandem zu sehen, wenn ich mein Herz schon an die wahre Perfektion verschenkt hatte.

Ich stand schneller von dem Barhocker auf, als gut für mich war. In meinem Kopf drehte sich alles und ich merkte erst jetzt, wie viel Alkohol ich getrunken haben musste.

»Sophie? Ist alles in Ordnung bei dir?«, Nick stand sofort auf und umfasste stützend meine Hüfte, doch ich stieß seine Hände von mir. Sie fühlten sich einfach zu falsch an, denn es waren nicht *seine* Hände.

»Alles ist … gut. Ich muss … ich muss mal …«, ich tätschelte ihm entschuldigend die Schulter und verschwand, so schnell es mir leicht torkelnd möglich war, auf der Damentoilette. Ich schloss die Kabinentür hinter mir ab und setzte mich auf den Toilettendeckel. Laut durchatmend war ich den Tränen nahe, als es plötzlich an der Tür klopfte.

»Sophie? Bist du da?«, Julias Stimme drang zu mir durch und ich schloss die Tür wieder auf, um ihr direkt in die Arme zu fallen.

»Was ist denn los? Hat dir der Kerl was angetan?«, besorgt strich sie sanft über meinen Rücken.

»Nein … ich habe … viel zu viel getrunken … und möchte nach Hause …«, hicksend und lallend versuchte ich ihr zu erklären, was ich wollte, doch sie schien mich zum Glück zu verstehen. Sie nahm meine Hand und zog mich durch den Club. Mit wem sie alles noch sprach, nahm ich nicht mehr wahr. Ich war nur froh, irgendwann in einem Taxi zu sitzen, das mich nach Hause bringen sollte.

Wie bin ich wieder im Club gelandet?

Saß ich nicht eben noch im Taxi?

Ich sehe mich um und entdecke eine Menge von Menschen, die ausgelassen feiern, lachen und tanzen. Eine junge Frau rempelt mich an und entschuldigt sich lachend dafür. Erst jetzt bemerke ich, dass ich mitten auf der Tanzfläche stehe.

Wo sind meine Freundinnen?

Ich schaue mich um, doch sehe sie nicht. Es sind nur fremde Menschen, fremde Gesichter, in die ich blicke. Die Musik spielt viel leiser als zuvor und der Bass drückt nicht in meiner Brust. Alles in allem ist es dieses Mal angenehmer und ich fühle mich wohler. Langsam bewege ich meine Hüfte im Takt und tanze ausgelassen und frei, wie ich es sonst nur zu Hause kann, wo mich niemand sieht. Ich werfe meine Arme nach oben und fange vor Glück an zu lachen. Wann war ich das letzte Mal so frei? Plötzlich fällt es mir wieder ein.

So frei fühlte ich mich zuletzt mit ihm.

In dieser Sekunde, als mich die Erkenntnis trifft, legen sich zwei mächtige, starke Arme von hinten um mich und schließen mich in eine liebevolle Umarmung. Nicht einen Moment denke ich an Flucht, denn ich kenne diese Berührungen. Nur er schafft es, mir dieses Kribbeln auf die Haut zu zaubern. Ich lasse meinen Kopf nach hinten fallen, schließe meine Augen und lege meine Hände auf seine Arme, die sich genauso stark anfühlen, wie sie aussehen. Er legt seinen Kopf in meine Halsbeuge und ich spüre seinen Atem, der heiß auf meine Haut trifft. Langsam streiche ich mit meinen Fingern über seine Haut, genieße den Moment und lasse mich vollkommen fallen. Wir bewegen uns leicht zu der nun langsamen Musik, wiegen uns gemeinsam im Takt. Er hebt seinen Kopf etwas an, sodass sein Atem nicht mehr die empfindliche Stelle unter meinem Ohr trifft, sondern genau an meinem Ohre zu spüren ist.

»Ich wünschte, der Moment würde nie enden …!«, das raue Flüstern beschert mir eine Gänsehaut, die gesagten Worte fliegen wild durch meinen Kopf. Er spricht genau das aus, was ich fühle. Ich lächle und öffne meine Augen, denn ich muss ihn sehen. Zu sehr habe ich ihn vermisst. Überraschend stelle ich fest, dass wir alleine *sind. Wo sind all die Leute, die noch vor wenigen Augenblicken glücklich um uns rumtanzten? Schlagartig wurde mir bewusst, dass es nur eins sein konnte.*

Ein Traum.

Ich befreie mich aus seiner Umarmung und drehe mich zu ihm um. Fragend und besorgt schaut er auf mich herab, legt seine Hände an meine Hüfte und will mich zu sich ziehen. Es kostet mich alles an Kraft, mich von diesem wunderschönen Gefühl von Geborgenheit und Liebe zu trennen, doch ich muss es tun. Ich lege meine Hände vorsichtig auf seine, ignoriere das Kribbeln und drücke sie sanft von mir. Sehe ihm in die Augen und spreche aus, was ich leider schon die ganze Zeit weiß.

»Du bist nicht real! Du ... du existierst nicht!«

Ich sehe ihm ein letztes Mal in seine wunderschönen Augen, die mich erstaunt und verletzt ansehen, möchte mich, den Tränen nahe, von ihm entfernen.

Doch er ist weg.

Nur einen Wimpernschlag zuvor stand er noch vor mir und jetzt ist es, als wäre er einfach verpufft.

In Luft aufgelöst.

Für immer verloren ...

Ein schmerzhaftes Stechen durchzog meinen Kopf, als ich versuchte meine Augen zu öffnen.

»Nie wieder Alkohol!«, ich legte meine Finger auf meine Schläfen und massierte sie sanft, in der Hoffnung, dass die Kopfschmerzen so verschwinden würden. Bisher hielt mein Alkoholkonsum sich immer in Grenzen, doch gestern hatte ich es scheinbar etwas übertrieben. Als ich meine Augen öffnete, sah ich mich um und stellte fest, dass ich glücklicherweise in meinem Bett lag. Doch wie war ich hier hingekommen? Ich ließ den gestrigen Abend Revue passieren und konnte mich verschwommen daran erinnern, mit Julia in einem Taxi gesessen zu haben. Was danach passierte …

… erschreckte mich so sehr, dass ich mich ruckartig aufsetzte. Sofort zogen weitere stechende Blitze durch meinen Kopf, aber das war mir in diesem Moment egal.

Er war einfach verschwunden und seltsamerweise hatte ich das Gefühl, das es für immer war. Diese Erkenntnis schmerzte mehr, als es die Kopfschmerzen je könnten, denn zum ersten Mal seit Wochen hatte ich wieder dieses Gefühl von Liebe in mir und fühlte mich nun leerer als je zuvor. Ich hätte nie gedacht, dass ich überhaupt noch Mal von ihm träumen würde, doch nun wollte ich es mehr denn je.

Ich ließ mich zurück in die Kissen fallen und schloss meine Augen, dachte an meinen Verlust und ließ den Tränen freien Lauf.

Der vierte Traum

Nur das Klackern meiner Schuhe auf dem Asphalt war zu hören, als ich mit Jonas an meiner Seite nach Hause ging. Den ganzen Abend hatten wir auf meinem Abschlussball miteinander getanzt, zu dem ich eigentlich ohne Begleitung gegangen war. Er war der ältere Bruder einer meiner Mitschülerinnen und sprach mich an, als ich mir etwas zu trinken holen wollte. Wir gingen zusammen zur Bar, tranken etwas und unterhielten uns angeregt, bis er mich zum Tanzen aufforderte. Selten hatte ich so viel Spaß wie an diesem Abend und hatte nichts dagegen, als er mich noch nach Hause bringen wollte. Er war drei Jahre älter als ich und studierte Sport auf Lehramt, worüber er mir sehr viel erzählte. Allgemein redete er sehr viel, was mich aber keinesfalls störte. Auch, wenn ich sonst nicht auf den Mund gefallen war, verhielt ich mich bei ihm eher schüchtern. Vielleicht war es sein gutes Aussehen oder sein selbstbewusstes Auftreten, das mich einschüchterte.

»Eigentlich hatte ich keine Lust meine Schwester auf den Ball zu begleiten. Du hast mir den Abend gerettet!«, er lächelte mich von der Seite an und stieß leicht mit seiner gegen meine Schulter. Sofort hoben sich meine Mundwinkel und ich lächelte zurück.

»Ich wollte auch nicht auf den Ball gehen, aber meine Eltern meinten, dass ich sonst etwas verpassen würde. Scheinbar hatten sie recht!«, meine Wangen färbten sich rot, als ich die Worte aussprach und er meine Hand etwas fester drückte. Wir waren schon fast vor meiner Haustür angekommen und ich wünschte, wir wären noch weit davon entfernt. Ich hätte noch stundenlang mit ihm rumlaufen können, denn ich fühlte mich an seiner Seite sehr wohl.

»Also … Danke für die nette Begleitung!«, wir stellten uns an der Haustür gegenüber und hielten uns noch immer an den Händen.

»Danke, dass ich dich begleiten durfte!«, wieder lächelten wir uns an und ich schaute beschämt zu Boden, doch er hob mein Kinn mit zwei Fingern an, sodass ich zu ihm hochschauen musste. Mein Herz pochte wie wild, denn ich wusste, dass er mich jetzt küssen würde. Er legte seinen Kopf etwas schief und kam langsam auf mich zu. Automatisch schloss ich meine Augen und öffnete meine Lippen, als er meinen Mund mit seinem verschloss. Seine Lippen trafen weich und warm auf meine, doch das besondere Gefühl, dass ich seit Monaten vermisste, blieb aus.

Mit ihm war alles so anders gewesen.

Als wir uns voneinander trennten, lächelte er mich glücklich an, während ich versuchte, meine Enttäuschung über den Kuss und meine Gedanken an *ihn* zu verbergen.

»Darf ich dich wiedersehen?«, liebevoll strich er mir eine Strähne, die sich aus meiner Frisur gelöst hatte, aus dem Gesicht und sah mich fragend an. Kurz musste ich überlegen, ob es sich richtig anfühlte, doch ich musste ihm eine Chance geben. Immerhin ließ er mein Herz schneller schlagen und nur, weil sich ein Kuss in meiner Vorstellung anders anfühlte, hieß es ja nicht, dass es sich so anfühlen *musste*.

In meiner romantischen Vorstellung erwartete ich einfach zu viel und die Realität konnte nicht mithalten, womit ich mich wohl oder übel abfinden musste. Ich nickte Jonas zu, schloss die Tür auf, drehte mich ein weiteres Mal zu ihm um und gab ihm einen Kuss auf die Wange. Sofort wurde sein Lächeln breiter. Ich verabschiedete mich von ihm, ging rein und schloss die Tür leise hinter mir, sodass meine Eltern nicht aufwachten.

Angelehnt an die Tür atmete ich tief durch und vergrub mein Gesicht in beiden Händen. Wieso musste ich noch immer an ihn denken? Fast täglich hatte ich sein Bild vor Augen, auch wenn der letzte Traum schon fast drei Monate zurücklag. Drei Monate, in denen ich mir nichts mehr wünschte, als wieder von ihm zu träumen. Denn ich wollte nicht nur ihn wiederhaben, sondern auch meinen Schlaf. Nie hatte ich besser geschlafen als in den Nächten, in denen er meine Träume beherrschte.

Nachdem ich mich abgeschminkt und umgezogen hatte, legte ich mich ins Bett und schloss meine Augen. Sofort sah ich ihn wieder vor mir.

Mit dem Blick, den er mir zuletzt geschenkt hatte.

Erstaunt und verletzt, weil ich ihn von mir stieß.

Wie jedes Mal, wenn ich ihn so vor mir sah, spürte ich ein Stechen in meinem Herz und ich konnte nicht anders, als meine Augen wieder zu öffnen. So gerne ich ihn auch sah; es war zu schmerzhaft.

Ich drehte mich auf die Seite, kuschelte mich in mein großes Kissen und schloss meine Augen ein letztes Mal, wie jeden Abend in der Hoffnung, ihn endlich wieder spüren zu können. Oder ihn wenigstens noch ein Mal Lachen zu sehen …

Ich werde durch ein ruckeln und ein brummendes Geräusch aus dem Schlaf gerissen und öffne meine Augen.

Wo bin ich?

Ich sehe mich um und stelle fest, dass ich mich in einem Flugzeug befinde. Ich sitze direkt im Gang, zwei weitere Personen sitzen neben mir, doch sie schlafen seelenruhig. Auch die Seitzreihe neben mir ist voll besetzt, zwei der Personen schlafen, eine Person liest. Ich lehne mich etwas nach vorne und schaue aus dem Fenster. Ich sehe nichts weiter als die tiefe schwärze der Nacht. Als ich mich wieder anlehne, atme ich tief durch und lausche den Motorgeräuschen und dem leisen Getuschel der anderen Passagiere. Doch ich höre noch etwas anderes. Schweres Atmen und einen Herzschlag, dessen Takt mir nur allzu bekannt ist, auch wenn er schneller schlägt als sonst.

Er ist hier.

Schlagartig wird mir bewusst, dass ich mich in einem Traum befinde. Ich stehe auf und folge den Geräuschen, die mich weiter nach vorne navigieren. Immer lautere Atmung und ein schneller werdender Herzschlag weisen mir den Weg, bis selbst mein Körper mir zeigt, dass ich mich unmittelbar in seiner Nähe befinde. Eine Gänsehaut legt sich in dem Moment über meine Haut, als ich seinen starken Arm erkenne, der sich verkrampft um die Armlehne klammert.

Ich gehe noch drei große Schritte und hocke mich neben seinen Platz. Seine Augen sind fest zusammengekniffen, auf seiner Haut liegt ein leichter Schweißfilm, die Lippen formen einen Strich.

Er hat Angst.

In dem Moment, in dem ich etwas sagen möchte, öffnet er seine Augen und sieht mich erstaunt an. Sein Blick raubt mir für einen kurzen Moment den Atem, denn ich sehe die Erleichterung, die wir wohl gleichermaßen empfinden. Seine Hände lösen sich aus der noch immer verkrampften Position und greifen nach meinen Armen, mit Leichtigkeit hebt er mich seitlich auf seinen Schoß. Keine Sekunde lassen wir uns dabei aus den Augen, aus Angst, dass es wieder viel zu schnell enden könnte. Ich lege meine Hand an seine Wange und streichle sanft darüber, während er mit seinen Fingern liebevoll meinen Rücken auf und abfährt. Jede Berührung lässt die Schmetterlinge in meinem Bauch Samba tanzen und ich habe das dringende Bedürfnis, unsere Lippen miteinander zu verschließen. Ihn endlich wieder vollkommen zu spüren. Ich öffne meine Lippen einen Spalt und schließe meine Augen. Seine Hand bewegt sich weiter nach oben und legt sich in meinen Nacken, sofort zieht er mich langsam und sanft näher zu sich. Jeden Moment ist es so weit, denn ich spüre schon seinen warmen Atem auf meinen Lippen.

Doch plötzlich ruckelt die Maschine und seine Hände verkrampfen sich panisch in meinem Nacken und auf meinem Oberschenkel. Ich öffne meine Augen und begegne seinem panischen Blick.

»Flugangst!«, atemlos spricht er aus, was ich mir schon längst gedacht hatte. Sofort lege ich meine Hände an seine Wangen, lächle

ihn beruhigend an und gebe ihm einen kleinen Kuss auf die Nasenspitze, der auch ihn, trotz Angst, zu einem wunderschönen Lächeln ermutigt.

»Hab keine Angst …«, ich nehme seine große, leicht zitternde Hand in meine und stehe auf. Wir gehen weiter nach vorne, bis wir vor der Tür stehen und ich meine Hand auf den Türgriff lege.

»Was hast du vor?«, mit Panik in den Augen sieht er zu mir runter, doch ich lächle ihn beruhigend an.

»Vertrau mir einfach!«, mit einem Ruck ziehe ich den Griff nach oben und die Tür öffnet sich. Er versteift sich, legt schützend einen Arm um mich und schaut sich panisch um, doch keiner der Passagiere scheint etwas mitzubekommen. Ich lehne mich etwas nach vorne und schaue raus. Weit unter uns sehe ich viele kleine Punkte, Lichter, die die Stadt erhellen. Ich schaue wieder nach oben und ihm direkt in die Augen, in denen noch immer die Panik steht.

»Du willst doch nicht etwa …?«

»Nein, nicht ich. Wir!«, ich löse seine Hand von dem Griff, den er noch immer fest umklammert hält und er legt ihn sofort ebenfalls um mich. Ich lege meine Arme um ihn, verschränke meine Finger hinter seinem Nacken und schmiege mich an seine starke Brust. Mein ganzer Körper kribbelt und ich genieße für einen Moment die Wärme, die er in mir auslöst.

»Auf drei?«, er nickt nur nervös und atmet tief durch, während ich zu zählen beginne.

»Eins, zwei …«, seine Arme versteifen sich um meinen Körper und er zittert, doch es gibt kein Zurück mehr. Auch ich fürchte mich vor dem, was uns bevorsteht, doch irgendetwas in meinem Inneren gibt mir zu verstehen, dass es so sein muss. Sobald ich die letzte Zahl ausspreche, lassen wir uns gemeinsam fallen.

»… drei!«

Wir klammern uns aneinander fest, denn wir wirbeln unkontrolliert durch die Luft. Es dauert einige Sekunden, bis wir uns gefangen haben, doch nun fallen wir gleichmäßig immer tiefer, werden immer schneller. Ich öffne meine Augen und die anfängliche Angst ist sofort verschwunden. Die Lichter, die ich schon aus dem Flugzeug gesehen hatte, kommen immer näher und erinnern mich an tausende Glühwürmchen, die in der Ferne umherschwirren. Ich breite meine Arme aus, um mich noch freier zu fühlen und merke, wie sich seine Arme fester um meinen Körper schließen. Ich hebe meinen Blick und lege meine Hände an seine Wangen, ziehe seinen Kopf so, dass er genau vor meinem ist.

»Mach die Augen auf! Es ist … es ist so wunderschön!«, langsam öffnen sich seine Lider und er erwidert meinen Blick. In diesem Moment wirkt sein Gesicht nicht mehr angespannt, denn es ist voller Liebe und … Bewunderung.

»Du hast recht. Wunderschön!«, obwohl er sich noch nicht umgeschaut hat, wiederholt er meine Worte und ich kann sehen, dass er sie ernst meint. Ich brauche einen Moment, um zu realisieren, dass er mich damit meint und spüre sofort, wie sich meine Wangen aufheizen und ich erröte. Auch ihm muss es aufgefallen sein, denn heiser lachend legt er seine Stirn an meine und zaubert mir so eine Gänsehaut auf meinen Körper.

Was ein wundervolles Geräusch.

Wieder fällt mein Blick auf die leuchtende Stadt unter uns, die schon viel näher ist, als zuvor. Auch er schaut in diese Richtung und ich merke, wie er hart schluckt. Wir klammern uns gleichzeitig fest aneinander, denn der Aufprall ist nicht mehr weit entfernt und wir wissen beide nicht, was uns erwarten wird, doch ich spüre keine Angst. Denn er ist bei mir.

Er legt eine Hand in meinen Nacken und zieht meinen Kopf an seine Brust, drückt einen Kuss auf mein Haar und dreht uns so, dass er bei einem Aufprall zuerst aufkommen wird. Diese Geste treibt mir die Tränen in die Augen und ich schluchze unaufhaltsam an seine Brust. Plötzlich überkommt mich eine Angst, die sich nicht auf den Aufprall bezieht.

Ist es nicht so, dass, wenn man in einem Traum fällt, kurz vor dem Aufprall aufwacht?

Nein, ich darf nicht aufwachen.

Ich möchte bei ihm bleiben.

Und plötzlich ist es so weit. Der Boden, der durch die Tränen in meinen Augen verschwommen wirkt, ist nur noch wenige Meter entfernt. Wir sehen uns ein letztes Mal an, ich werfe einen letzten Blick in dieses wunderschöne Gesicht und schließe daraufhin meine Augen, kneife sie schmerzhaft zusammen.

Mit einem Mal geht alles ganz schnell. Ich spüre den Widerstand des Bodens, doch es fühlt sich anders an, als ich es erwartet hatte.

Er ist weich und fängt uns federleicht auf, als wären wir nicht gerade hunderte Meter aus dem Himmeln gefallen. Blinzelnd öffne ich meine Augen und begegne seinem Blick, der genauso erstaunt ist, wie meiner.

»Geht es dir gut?«, meine Stimme klingt ängstlich und besorgt, denn er hat unseren Sturz mit seinem Körper abgefangen. Doch er lächelt mich an und nimmt mein Gesicht in seine großen Hände.

»Mir ging es nie besser! Woher ... woher wusstest du, dass uns nichts passieren kann?«

»Ich wusste es nicht. Ich weiß nur, dass ich mit dir zusammen fliegen kann. So fühlt es sich jedenfalls immer an!«, seine Augen glänzen und ein strahlendes Lächeln breitet sich aus, als auch schon seine Lippen auf meine prallen. Wie sehr ich dieses Gefühl vermisst und gebraucht habe.

Wir küssen uns stundenlang, als gäbe es keinen Morgen mehr, denn für uns wird es diesen nie geben …

»Sophie! Aufwachen! Wir wollen frühstücken!«, verzerrt drang die Stimme meiner Mutter zu mir durch. Auch ihre warme Hand auf meiner Schulter konnte ich spüren. Ich konnte nicht gegen das Gähnen ankämpfen und streckte mich ausgiebig, während ich blinzelnd meine Augen öffnete. Meine Mutter saß neben mir und strahlte mich an.

»Guten Morgen, Schlafmütze! Ich wollte dich gar nicht wecken, du sahst so glücklich und zufrieden aus, aber dein Vater besteht, wie jeden Sonntag darauf, dass wir gemeinsam frühstücken!«

»Gib mir fünf Minuten, okay?«, lächelnd nickt sie mir zu und verschwand aus meinem Zimmer, sodass ich etwas Zeit hatte, um meine Gedanken zu sortieren.

Was für ein Traum.

Warum waren wir in einem Flugzeug und warum, um Himmels willen, sind wir gesprungen? Ich rieb mir die Augen und ließ den Traum ein weiteres Mal vor meinem inneren Auge abspielen. Es war meine Entscheidung zu springen, doch wieso ich es tat, konnte ich mir nicht erklären. Ich wusste nur, dass es so sein musste.

Vielleicht war es eine Metapher für irgendetwas?

Oder ein Zeichen?

Eine Vorahnung? Doch ich hatte nicht vor in der nächsten Zeit in ein Flugzeug zu steigen. Ohne mir weiterhin den Kopf zu zerbrechen, ging ich ins Bad und musste wieder feststellen, dass ich besser aussah als sonst.

Ausgeschlafener.

Glücklicher.

Verliebter?

Ich durfte so nicht denken. Er ist nicht real und wird es nie sein.

Auch wenn er mir guttat, dass alles war nicht richtig. In einer Traumwelt zu leben war doch alles andere als normal und genau das wollte ich immer sein.

Meine Träume leben und nicht mein Leben träumen.

Doch machten meine Träume mich glücklicher, als es die Realität je könnte …

Der fünfte Traum

»Das war der Letzte!«, mein Vater kam mit einem großen Umzugskarton durch die Tür und stellte ihn auf den kleinen Küchentisch, an dem wir uns alle versammelt hatten. Meine Eltern, Julia, und sogar Jonas halfen mir bei meinem Umzug in die erste eigene Wohnung. Erst vor zwei Wochen wurde sie frei und ich griff sofort zu, denn zur Universität waren es nur wenige Minuten zu Fuß. Auch wenn ich das alte Auto meiner Mutter geschenkt bekommen hatte, war ich froh, es stehen lassen zu können. Der *VW Touareg* war zwar ein wahrer Traum und nicht viele in meinem Alter konnten behaupten, so ein schickes Auto zu fahren, doch ebenfalls war er ein Spritfresser. Ich würde ihn nur dazu nutzen, um meine Eltern besuchen zu fahren.

»Und du bist dir sicher, dass du alles eingepackt hast?«, meine Mutter sah besorgt auf die ganzen Kartons, die überall verteilt standen.

»Ich denke schon, aber das werde ich sehen, wenn alles ausgepackt ist. Außerdem sind es nur knapp zwei Stunden bis nach Hause. Falls ich etwas Lebensnotwendiges vergessen habe, kann ich es jederzeit holen!«, sie nickte mir hektisch zu und blinzelte die Tränen weg, die ihr schon den ganzen Tag in den Augen standen. Ich wusste, sobald ich sie in den Arm nehmen würde, dass sie nicht mehr an sich halten könnte.

»Außerdem wohne ich nur zwanzig Minuten von Sophie entfernt und habe bestimmt alles da, was sie sich unter „lebensnotwenig" vorstellt!«, Jonas legte meiner Mutter beruhigend eine Hand auf die Schulter und zwinkerte mir zu, was mich erröten ließ. Seit wir uns vor zwei Monaten kennengelernt hatten, unternahmen wir regelmäßig etwas miteinander und ich hatte immer mehr das Gefühl, etwas für ihn zu empfinden. Jedenfalls fühlte es sich nicht falsch an, wenn er mir näherkam, so wie bei Martin.

Wir bestellten alle zusammen etwas zu essen und räumten in der Wartezeit die Kartons aus, während die Männer mein Bett und die Schränke aufbauten. Ständig hörten wir sie diskutieren und lachen, was mir jedes Mal ein Lächeln ins Gesicht zauberte. Meiner Mutter blieb meine Reaktion natürlich nicht verborgen.

»Er mag ihn …!«

»Mh?«

»Dein Vater … er mag Jonas. Ich übrigens auch!«, sie lächelte mich an und ich konnte Zufriedenheit in ihren Augen sehen.

»Er ist auch wirklich toll …«

»… und heiß!«, ich sah Julia, die meine unzähligen Bücher einräumte, mit hochgezogener Augenbraue an, doch sie prustet nur laut los.

»Was denn? Er ist echt heiß!«, sie sah fragend zu meiner Mutter, die sofort zustimmend nickte, woraufhin ich mir den Bauch hielt und Würgegeräusche imitierte.

»Was ist denn hier los?«, mein Vater und Jonas standen mit den bestellten Pizzen in der Tür und sahen uns belustigt an.

»Weiberkram!«, meine Mutter ging kichernd zu ihnen und nahm ihnen die Kartons ab, um sie auf den Wohnzimmertisch zu stellen. Da der Küchentisch nur Platz für zwei Leute bot, machten wir es uns alle auf dem Sofa bequem und genossen die heiße Pizza.

»Schrank und Schreibtisch sind schon aufgebaut, aber wir haben ein Problem mit deinem Bett …!«, beschämt sah mein Vater mich an, während ich ein großes Stück von der Pizza abbiss.

»Wir … also ich … habe die Schrauben vergessen.«

»Du hast was?«, die schrille Stimme meiner Mutter ließ uns alle kurz zusammenzucken. Sie sah ihn so vorwurfsvoll an, als hätte er den dritten Weltkrieg ausgelöst.

»Immer mit der Ruhe! Ich kann auch auf dem Sofa schlafen. Wie ihr seht … es ist groß genug!«, dankend sah er zu mir, als ich ihm zuzwinkerte. Er musste zwar meiner Mutter noch versprechen, dass er das Bett sofort am nächsten Tag aufbauen würde, doch somit hatte sich das Thema erst mal erledigt. Nach dem Essen räumten wir noch eine gute Stunde die meisten der Kartons aus, bis der tränenreiche Abschied anstand. Meine Mutter ließ sich kaum noch beruhigen und selbst mein Vater hatte Tränen in den Augen, als ich ihn in den Arm nahm. Sie so traurig zu sehen, ging mir auch verdammt nah und ich konnte nicht anders, als die Tränen zuzulassen. Auch

Julia hielt ihre Tränen nicht zurück, denn wir würden uns ab jetzt nicht mehr so oft sehen. Als sie auf der Treppe standen und mir ein letztes Mal zuwinkten, legte Jonas seinen Arm stützend um meine Taille und ich lehnte mich automatisch an seine Schulter. Sobald wir die Haustür zufallen hörten, drehte er mich in seinen Armen um und sah mich an.

»Alles okay?«

»Ich denke schon. Danke für alles, Jonas. Danke das du … das du da bist!«, ich legte meine Hände an seine Brust und stellte mich auf die Zehenspitzen, um ihm einen sanften Kuss auf die Lippen zu geben. Sein Griff um meine Taille verstärkte sich und ich spürte sein Lächeln an meinen Lippen.

»Wenn du willst, werde ich immer da sein!«, seine braunen Augen sahen mich erwartungsvoll an, doch ich konnte ihm keine Antwort darauf geben. Schon oft hatte er mich indirekt darauf angesprochen, aber ich konnte das, was wir hatten, einfach nicht benennen.

Vielleicht wollte ich das auch nicht. Ich lächelte ihn an und gab ihm einen weiteren Kuss, bevor ich vor Müdigkeit gähnte.

»Wärst du mir böse, wenn ich jetzt schlafen gehe? Der Tag war wirklich anstrengend und es gibt morgen noch so viel zu tun …«

»Schon okay! Ich muss sowieso langsam los. Soll ich morgen wieder vorbeikommen? Ich könnte dir noch etwas helfen!«, sein Lächeln überredete mich sofort und ich nickte ihm zu.

»Gerne!«, er nahm seine Jacke von der Garderobe und küsste mich sanft, eher er aus der Tür trat.

»Bevor ich es vergesse … meine Oma sagte damals zu mir, was man in der ersten Nacht in der eigenen Wohnung träumt, wird wahr. Also, schöne Träume, Süße!«, mit einem Zwinkern verschwand er aus meinem Sichtfeld und ich atmete tief durch. Kaum hatte er den Satz ausgesprochen, kam mir ein Bild in den Kopf.

Ein Bild, das ich noch immer täglich vor mir sah und dass ich jedes Mal aufs Neue versuchte, aus meinem Kopf zu bekommen.

Ich wollte ihn vergessen, ich wollte nicht mehr an ihn denken und vor allem wollte ich nicht mehr fühlen, was er in mir auslöste. Doch wie sollte man jemanden vergessen, mit dem man alles vergessen konnte?

Es musste aufhören, weil ich, ohne nachzudenken, ständig an ihn denken musste.

Gedankenverloren machte ich mich für die Nacht bereit, nahm mein Kissen und die große Decke mit ins Wohnzimmer und legte mich aufs Sofa. Das Gefühl, ganz alleine in einer noch fremden Umgebung zu sein, war ungewohnt und beängstigend, doch ich sollte mich schnell daran gewöhnen. Jedenfalls redete ich mir genau das ein, während die Müdigkeit siegte.

Was ist das für ein Geräusch? Ich möchte meine Augen öffnen, um nachzusehen, was um mich herum passiert, doch ich kann nicht. Es hört sich an, als wäre eine Tür geöffnet worden. Ich ziehe die Decke weiter über mich und kuschle mich mehr in mein Kissen.

Jedenfalls kann ich so bestätigen, dass ich noch auf meinem Sofa liege.

Schritte. Ich höre Schritte.

Sie kommen näher und die Angst lässt mich vollkommen erstarren. Ich versuche ein weiteres Mal meine Augen zu öffnen, doch es funktioniert noch immer nicht.

Plötzlich merke ich, wie die Sofakissen unter mir nachgeben und sich etwas Großes hinter mir fallen lässt.

Nicht etwas. Jemand.

In der Sekunde, in der ich in Panik ausbrechen will, legt sich ein schwerer Arm um mich und zieht mich an eine starke, warme Brust. Der Herzschlag, den ich an meinem Rücken spüren kann, ist mir so bekannt, dass ich mich sofort entspanne. Ein Lächeln legt sich auf meine Lippen und ich wünschte, ich könnte meine Augen öffnen.

»Ich habe dich vermisst, Babe!«, seine tiefe Stimme lässt einen Schauer nach dem anderen durch meinen Körper fahren, und dass er mich „Babe" nennt, macht mich glücklich und stolz zugleich. Als wäre es nicht vor wenigen Minuten noch ein Problem gewesen, öffne ich wie selbstverständlich meine Augen und erkenne, dass ich mich wirklich in meiner Wohnung befinde. Ich drehe mich in seinen Armen um und kuschle mich an seine Brust, atme seinen einzigartigen Geruch tief ein, sehe ihm von unten in die Augen und kann mein Lächeln nicht zurückhalten. Auch er zeigt mir sein schönstes Lächeln und küsst meine Stirn so sanft und liebevoll, dass ich sofort dahinschmelze.

»Ich habe dich auch vermisst!«

»Geht es dir gut?«

»Jetzt ja!«, bei meinen Worten wird sein Lächeln breiter und er legt eine Hand an meine Wange, um mich in einen alles sagenden Kuss zu ziehen. Unsere Zungen entfachen zusammen ein Feuer, das niemals gelöscht werden kann und wir küssen uns so lange, bis wir beide nach Luft schnappen müssen.

Ich lehne mich wieder an seine Brust und lege meinen Kopf auf seinen Arm. Nie hatte ich ein schöneres, bequemeres Kissen.

Ich schließe meine Augen und höre ihn wohlig seufzen, als er mir einen Kuss auf den Haaransatz gibt. In diesem Moment wird mir klar, dass ich ihn niemals aus meinem Leben streichen könnte und dass alle Versuche, dieses zu tun, vollkommen sinnlos waren.

Was einmal im Herz ist, ist aus dem Kopf nicht mehr wegzudenken.

»Irgendwann erzähle ich dir vielleicht einmal, wie ich versucht habe, dich zu vergessen …«

Seine Arme spannen sich an und ziehen mich noch näher an ihn, doch ich fühle mich nicht eingeengt.

»Bitte vergiss mich nicht! Bitte …!«, mit seinem Mund ganz nah an meinem Ohr spricht er die Worte so schmerzhaft aus, dass es mir selbst wehtut.

»Das kann ich nicht. Niemals.«

Seine Arme entspannen sich wieder, doch lassen nicht lockerer, sondern hüllen mich ein und wärmen mich auf eine ganz besondere Art.

So wollte ich immer einschlafen.

In seinen Armen, mit seinem Atem auf meiner Haut, mit dem Takt seines Herzschlages.

Mit ihm …

»Einen Moment! Ich komme sofort!«, noch im Halbschlaf stand ich auf, zog mir die Decke über die Schultern und stampfte barfuß zu dem Grund, aus dem ich aufstehen musste. Es hatte sicherlich schon drei Mal an der Tür geklingelt, doch ich wollte einfach nicht aufstehen.

Ich wollte bei ihm bleiben.

Es kam mir so vor, als hätte ich gerade noch in seinem Arm gelegen. So warm, wie er mich gehalten hatte, konnte es keine Decke dieser Welt.

Keiner konnte ihn ersetzen.

Niemand.

Niemals.

Ich öffnete die Tür und sah meinem Vater, der mit Werkzeugkoffer und einer Brötchentüte in der Hand, vor mir stand.

»Was machst du denn hier?«

»Dir auch einen wunderschönen guten Morgen! Ich wollte dein Bett aufbauen, aber so wie du aussiehst, hat dir die Nacht auf dem Sofa ziemlich gutgetan!«, er ging an mir vorbei und ich hielt kurz an dem Flurspiegel an, um mich zu begutachten.

Wie immer, wenn er in meinen Träumen auftauchte, sah ich aus wie das blühende Leben und fühlte mich, trotz unangenehmen Weckens, genauso.

»Möchtest du auch einen Kaffee?«, mein Vater stand schon in der Küche und füllte das Wasser der Kaffeemaschine auf.

»Gerne. Ich gehe nur kurz ins Bad.«

»Lass dir Zeit! Ich fange in der Zwischenzeit schon mal an dein Bett aufzubauen!«, ich nickte ihm dankend zu, nahm mir ein paar Klamotten aus dem Schrank, verschwand im Bad und entschied mich dazu, eine schnelle Dusche zu nehmen. Ich stellte mich unter den noch kalten Strahl und war froh, als sich das Wasser endlich erwärmte und ich mir meine Haare schamponieren konnte. Auch meinen Körper verwöhnte ich mit meinem liebsten Duschgel, welches einen blumigen Duft auf meiner Haut verteilte. Auch wenn ich nun nicht mehr nach ihm roch, tat die Dusche mehr als gut.

Moment mal!

Nach ihm roch?

Ich führte meinen Arm, der noch zuvor auf ihm geruht hatte, zu meiner Nase und roch daran. Nur mein Duschgel war zu erkennen, was ja auch vollkommen klar war. Wie sollte ich auch nach ihm riechen, wenn es doch nur ein Traum war? Doch musste ich zugeben, dass sein Geruch bis kurz vor der Dusche noch in meiner Nase hing.

Schwachsinn! Das ist nicht möglich!

Ich stellte die Temperatur der Dusche kälter und ließ das kühle, erfrischende Wasser über mein Gesicht laufen.

Es war ein Traum!

Er war ein Traum!

Wie ein Mantra sprach ich den Satz in Gedanken hoch und runter. Ich musste mich dringend beruhigen, denn ich hatte das Gefühl, jeden Moment zu hyperventilieren.

Es war jetzt eh zu spät herauszufinden, ob es sein Geruch war oder nicht.

Obwohl …

Müsste dann nicht auch das Sofa nach ihm riechen?

Ich sprang förmlich aus der Dusche, trocknete mich in Lichtgeschwindigkeit ab, zog mir etwas über und lief mit noch vor Nässe tropfenden Haaren ins Wohnzimmer. Am Sofa angekommen ließ ich mich auf meine Knie fallen und roch an den Kissen, auf denen ich in der Nacht geschlafen hatte.

Ein mir allzu bekannter Duft stieg mir in die Nase.

Sein Schweiß … sein Aftershave … sein Geruch.

Alles roch nach ihm.

Nein, das konnte nicht sein. Ich musste mir den Geruch einbilden, doch war das überhaupt möglich? Verzweifelt, ziemlich durcheinander und mit Tränen in den Augen ließ ich mich aufs Sofa fallen und atmete seinen Geruch so tief ein, wie es mir nur möglich war.

Vielleicht träumte ich noch? Kaum war mir der Gedanke gekommen, wurde ich von meinem Vater, der ziemlich laut an meinem Bett schraubte, eines Besseren belehrt. Ich war so wach … wacher ging es kaum.

Seufzend nahm ich noch einen tiefen Zug und stand auf, um in der Küche den Frühstückstisch vorzubereiten und mir einen Kaffee zu nehmen.

Eine logische Erklärung würde ich sowieso nicht finden und mir blieb nur eine Möglichkeit:

Hoffen, dass dieser Traum wirklich wahr wird.

Dass *er* irgendwann real wird …

Der sechste Traum

Ich saß auf dem Sofa, las eines meiner liebsten Bücher und wartete auf Jonas, den ich seit wenigen Tagen offiziell meinen Freund nannte. Als er mich letzte Woche ins Kino und zum Essen ausführte, sprach er mich das erste Mal explizit darauf an, ob ich eine feste Beziehung wolle oder nicht. Auch wenn ich von seiner Direktheit etwas überrumpelt war, bejahte ich seine Frage.

Warum auch nicht?

Ich fühlte mich gut mit ihm, konnte mit ihm lachen und genoss die Aufmerksamkeit, die er mir schenkte.

Doch konnte ich nicht sagen, dass ich in ihn verliebt war …

… noch nicht.

Ich gab die Hoffnung nicht auf, dass sich meine Gefühle für ihn noch ändern würden.

Endlich klingelte es an der Tür und ich stand auf, um ihn in die Wohnung zu lassen, in der er heute das erste Mal übernachten sollte. Da wir morgen sehr früh zusammen auf den Markt wollten, fand er es besser, wenn wir die Nacht zusammen verbringen würden. Ob es nur eine Ausrede war? Egal, denn ich freute mich darauf. Viel zu ungern schlief ich alleine in der recht großen Wohnung, und da ich seit Wochen nicht mehr gut geschlafen hatte, konnte es nicht schaden, etwas Neues auszuprobieren. Obwohl ich kaum glaubte, dass Jonas mir die Erholung bereiten konnte, die *er* mir schenkte.

So wirklich hatte ich mich von dem Traum vor drei Wochen noch nicht erholt und es lag sicherlich auch daran, dass sein Geruch noch immer in den Kissen meines Sofas hing.

Jedenfalls bildete ich mir das ein.

Es ging sogar so weit, dass alle, die mich besuchten, nur auf den Sesseln sitzen durften, um seinen Geruch nicht zu verfälschen. Natürlich hatte ich niemandem meine wahren Beweggründe erzählt und erfand immer einen Vorwand, denn sonst hielten sie mich wahrscheinlich für völlig durchgeknallt.

»Hey Süße, sorry, dass ich etwas später komme. Der Verkehr war die Hölle!«, kaum hatte ich die Tür geöffnet, begrüßte er mich mit einer Umarmung und einem Kuss auf die Wange, während er seine Sporttasche abstellte. Manchmal hatte ich das Gefühl, er fühlte sich in meiner Wohnung mehr zu Hause, als ich es tat. Ich liebte meine Wohnung und die Freiheit, die sie mir bot, doch hatte ich auch das Gefühl, dass etwas fehlte.

»Kein Problem. Willst du etwas trinken?«, als er die Frage bejahte, nahm ich eine Flasche Wasser aus dem Kühlschrank, während Jonas schon zwei Gläser aus dem Schrank holte und sie auf den Küchentisch stellte. Ich füllte sie und wir gingen gemeinsam ins Wohnzimmer, wo er es sich direkt auf dem Sofa bequem machte. Leise seufzte ich, denn mir war klar, dass ich es heute kaum vermeiden konnte.

»Alles in Ordnung?«, fragend und etwas verwirrt sah er mich an, was ich ihm nicht verübeln konnte. Langsam drehte ich wirklich durch und dass alles nur wegen einer Einbildung.

Die Träume waren nicht real.

Der Geruch war nicht real.

Er war nicht real.

Leider.

Ich musste beginnen im Hier und Jetzt zu leben, die Realität so anzunehmen, wie sie nun mal war und mein Leben genießen. Also nickte ich Jonas zu, nahm neben ihm Platz und schaltete den Fernseher ein, auf dem wir einen Film schauen wollten. Als Jonas seinen Arm um mich legte und mich näher zu sich zog, fühlte es sich nicht falsch und nicht richtig an, doch ich ließ es zu und schaltete meinen Kopf für die nächsten Stunden aus.

»Sophie?«, ich öffnete blinzelnd meine Augen und begegnete Jonas amüsiertem Blick.

»Du bist eingeschlafen, hast das Ende vom Film verpasst. Wie wäre es, wenn wir ins Bett gehen?«, nickend und gähnend zugleich stimmte ich ihm zu. Er ließ mir im Bad den Vortritt, wo ich mir die Zähne putzte und mich für die Nacht bereit machte. Eine Nacht, in der ich nicht alleine schlafen sollte und das erste Mal mein Bett mit einem Mann teilte. Ob er sich irgendetwas erhoffte? Kopfschüttelnd verneinte ich diesen Gedanken, denn bis jetzt hatte er keine Anstalten gemacht, unsere Beziehung dahingehend zu vertiefen.

Ich öffnete die Tür und stieß fast mit Jonas zusammen, der mit seiner Tasche in der Hand davor wartete.

»Das ging schneller als ich dachte!«, er legte seinen Arm um meine Taille und zog mich an sich, presste seine Lippen auf meine und lächelte mich danach an. Überrumpelt drückte ich mich etwas von ihm ab, doch lächelte freundlich zurück.

»Ich gehe schon mal ins Schlafzimmer!«

»Aber nicht einschlafen, Schönheit!«, mit einem Kuss auf die Wange verabschiedete er sich ins Bad, woraufhin ich ins Schlafzimmer ging und mich unter meine Decke kuschelte. Eine zweite Decke sowie ein Kissen lagen für ihn bereit, denn diese zu teilen ging mir etwas zu schnell. Ich schloss die Augen und dachte an *ihn*. Sollte ich heute Nacht wieder von ihm träumen? Obwohl ein anderer Mann neben mir lag? Es kam mir falsch vor, doch insgeheim wünschte ich es mir mehr als alles andere. Ihn wiedersehen, wieder spüren. Endlich wieder zu fühlen …

Ich stehe vor einer Kapelle.

Einer kleinen Kapelle, die mir vollkommen unbekannt ist.

Der starke Regen wird von meinem Schirm abgehalten, die Tropfen darauf hören sich an wie Applaus.

Ich trage einen schwarzen Mantel, eine schwarze Hose und schwarze Schuhe, als wäre ich auf einer Beerdigung.

Vielleicht bin ich das auch?

Ich gehe auf die Kapelle zu und ziehe an der Tür, doch sie ist verschlossen. Auch durch das kleine Fenster an der Tür sehe ich nichts und niemanden; sie ist komplett leer. Doch es fühlt sich nicht an, als wäre ich alleine hier. Ich gehe um die Kapelle und stehe plötzlich vor einem großen Friedhof, der durch die grauen Wolken am Himmel und den Regen furchteinflößend und gespenstisch wirkt. Wieso ich ihn trotzdem betrete, weiß ich nicht. Irgendetwas scheint mich zu sich zu ziehen, wie ein unsichtbares Band, das mir den Weg weisen soll.

Als ich ein mir allzu bekanntes Geräusch höre, weiß ich auch endlich, welchen Weg es mir weisen möchte.

Ich höre sein Herz nicht nur.

Es ist, als könnte ich es fühlen.

Meine Schritte werden schneller, denn ich habe mein Ziel genau vor Augen. Ich sehe ihn vor einem Grabstein stehen, mit gesenktem Kopf und schmerzverzehrter Miene. Als ich ihn endlich erreiche, sehe ich, wie verspannt er ist, und lege meine Hand auf seine durchnässte Schulter. Er trägt einen Anzug und ich bin mir sicher, dass es verboten werden sollte, so gut in einem Anzug auszusehen, doch das wird zur Nebensache. Denn sobald ich ihn berühre, entspannt sich sein Körper und er atmet tief ein und wieder aus. Mit einem Mal dreht er sich zu mir, legt beide Arme um meine Taille und vergräbt sein Gesicht in meiner Halsbeuge. Sofort erwidere ich die Umarmung, wobei mir der Schirm aus der Hand rutscht, doch der Regen stört mich nicht.

Alles, was zählt, ist er.

Ich atme tief ein und rieche seinen unverkennbaren Duft, der mir sofort eine Gänsehaut beschert und mich an so vieles erinnert. Lange stehen wir so zusammen und genießen die Zweisamkeit, bis ich es nicht mehr aushalte und ihn endlich ansehen muss. Leicht drücke ich mich von ihm, nehme sein Gesicht in beide Hände und beobachte die kleinen Tropfen, die von seinen Haaren auf seine Stirn fallen.

Seine Augen visieren meine Lippen an und ich kann nichts dagegen tun, dass sich meine Augen schließen und ich ihm entgegenkomme. Viel zu lange habe ich darauf verzichten müssen, viel zu sehr hatte ich das alles vermisst. Die Sehnsucht nach seiner Nähe war einfach zu groß. Unsere Lippen berühren sich so zaghaft, dass mein ganzer Körper erschaudert und das Kribbeln ins unermessliche steigt.

Und nicht nur in mir verändert der Kuss etwas. Auf einmal klart der Himmel auf und die Sonne kitzelt auf meiner noch nassen Haut, trocknet und wärmt sie zugleich. Auch er bemerkt den Wandel und lächelt an meine Lippen. Ich erwidere sein Lächeln und blicke ihm in die Augen.

»Wenn du lächelst, geht die Sonne auf!«, ich spüre, wie ich unter seinen Worten erröte und sein Lächeln wird breiter. Er streicht mir eine Strähne hinters Ohr und küsst meine Stirn, zieht mich dann an seine Brust und atmet tief ein. Ich merke, dass ihn etwas beschäftigt und mir kommt wieder in den Sinn, wo wir uns befinden.

»Warum sind wir hier?«

»Mein Großvater ist gestorben.«

Die Worte kommen nicht leicht über seine Lippen und er verstärkt die Umarmung. Es ist, als könnte ich seinen Schmerz über den Verlust fühlen, als hätte ich selbst eine mir geliebte Person verloren. Tränen rinnen meine Wange hinab und ich vergrabe mein Gesicht an seiner Brust. Auch sein Körper bebt und ich halte ihn so fest, wie es mir möglich ist.

»Es … es tut mir so leid!«, meine Stimme bricht in der Mitte des Satzes und gleicht einem Krächzen.

»Mir auch, Babe, mir auch. Aber du bist hier und gibst mir so viel Kraft … ich kann mir nichts Schöneres vorstellen!«, seine Augen glänzen, als er mein Gesicht in seine großen Hände nimmt

und mich voll Liebe ansieht. Noch immer lässt mich seine tiefe Stimme und das Wörtchen „Babe" erzittern.

»Ich werde immer da sein, wenn du mich brauchst!«, ich weiß nicht, woher die Worte kamen, doch es fühlte sich richtig an.

»Versprochen?«

»Versprochen!«, das Lächeln, welches er mir nun schenkt, lässt mein Herz schneller schlagen und ich muss einfach seine wundervollen Lippen auf meinen spüren. Ob ich mein Versprechen wirklich halten kann, weiß ich nicht, doch ich würde alles dafür tun.

Alles für ihn tun …

Wie falsch sich eine Umarmung anfühlen konnte, merkte ich, als ich wach wurde. Jonas lag eng an meinen Rücken gekuschelt, einen Arm hatte er um meinen Bauch gelegt. Ich spürte seinen Atem in meinem Nacken und wollte nur noch eins:

Weg!

Vorsichtig schob ich seinen Arm von mir, ließ mich aus dem Bett gleiten und verschwand im Bad, bevor er aufwachte und merkte, dass ich weg war. Ich stütze mich mit beiden Armen am Waschbecken ab und atmete tief ein und wieder aus, traute mich kaum in den Spiegel zu schauen. Ich hatte wieder von *ihm* geträumt und sah sicherlich wieder aus, wie das blühende Leben. Warum auch immer …

Als ich nach weiteren beruhigenden Atemzügen endlich meinen Kopf hob und in den Spiegel schaute, erschrak ich so sehr, dass ich fast in die Badewanne hinter mir gefallen wäre.

Meine Haare waren nass!

Nicht so nass, dass sie noch tropfen würden, doch mindestens so, als hätte ich sie nach dem Duschen mit einem Handtuch abgetrocknet. Ungläubig ließ ich sie durch meine Finger gleiten und verteilte die Feuchte auf meiner Hand.

Vielleicht hatte ich ja geschwitzt?

Ich sah an mir herunter und stellte fest, dass alles andere trocken war. Somit hatte sich die Vermutung auch als nichtig bewiesen.

Konnte es denn wirklich der Regen gewesen sein?

Ein Klopfen riss mich aus meinen Gedanken.

»Sophie?«

»Ja, ich bin hier!«

»Es war plötzlich so kalt ohne dich. Brauchst du noch lange?«

»Ich springe kurz unter die Dusche! Machst du schon mal die Kaffeemaschine an?«

»Wird gemacht!«, ich ließ mich gegen die Tür fallen und atmete die angestaute Luft aus. Er hatte mich nicht nur erschrocken, sondern vollkommen aus dem Konzept gebracht. In der Hoffnung, dass eine kalte Dusche meine Gedanken wieder sortieren sollte, zog ich mir mein Shirt über den Kopf und stellte das Wasser an. Dabei hoffte ich nur, dass ich das Kribbeln und das schöne Gefühl seiner Berührungen nicht mit wegwaschen würde …

Der Markt war wunderschön und gut besucht. Man musste an manchen Ständen die Ellenbogen ausfahren, um überhaupt etwas sehen zu können. Meine Größe spielte da natürlich auch eine eher kontraproduktive Rolle. Musste denn wirklich jeder größer sein als ich?

Jonas und ich schlenderten Hand in Hand durch die schmalen Gänge, hielten oft bei Ständen an, die uns interessierten, und hatten schon frisches Obst und ihm eine neue Jacke gekauft. Wir hatten viel Spaß und ich hätte mir kaum eine bessere Ablenkung vorstellen können. Er war so aufmerksam, witzig und sah einfach umwerfend aus. Natürlich fielen mir die neidischen Blicke der anderen jungen Frauen auf, wenn er mich mit diesem ganz besonderen Blick ansah. Diesem Blick, den ich so einfach nicht erwidern konnte. Doch auch in dieser Hinsicht gab ich die Hoffnung nicht auf.

Ein umwerfender Geruch schlich sich in meine Nase und ich blieb neugierig stehen. Der Stand rechts neben mir verkaufte frische Reibekuchen und mir lief schon jetzt das Wasser im Mund zusammen. Jonas trat hinter mich und legte einen Arm um meine Taille.

»Wenn du Hunger auf Reibekuchen hast, lass uns noch ein Stück weitergehen. Dahinten gibt es die besten der ganzen Stadt!«, ich sah in die Richtung, in die er zeigte und erstarrte auf der Stelle.

Er war hier.

Und er stand nur wenige Meter von mir entfernt.

Dieser breite Rücken, diese Frisur ... er musste es sein.

Ich ließ Jonas Hand los und ging schnellen Schrittes auf ihn zu, drängte mich durch die vielen Personen. Ob sich jemand beschwerte, weil ich mit aller Kraft versuchte, so schnell wie möglich zu ihm zu kommen, hörte ich nicht. Auch Jonas existierte in diesem Moment nicht mehr. Nur er und ich waren relevant. Als ich ihn erreichte, legte ich ihm meine Hand auf seine Schulter, damit er sich rumdrehte.

Noch bevor ich sein Gesicht sah, spürte ich, dass er es nicht sein konnte.

Es kribbelte nicht.

Die Person, von der ich glaubte, dass er es war, drehte sich um und sah mich fragend an.

»Entschuldigung, ich habe mich vertan …«, ich wartete seine Antwort nicht ab, sondern drehte mich von ihm weg und prallte fast gegen Jonas, der mich hinterherkam.

»Was war das denn gerade?«

»Ich dachte jemanden gesehen zu haben, den ich … kenne.«

»Und deshalb läufst du weg und reagierst nicht mal auf meine Rufe?«, beschämt und ein wenig eingeschüchtert sah ich ihn an, denn ich hatte nicht einmal mitbekommen, dass er nach mir gerufen hatte.

»Es tut mir leid. Ich war für einen kurzen Moment etwas verwirrt.«

»Warum? Wer sollte es denn gewesen sein?«, ja, wer sollte *er* sein? Ich kannte weder seinen Namen, noch konnte ich Jonas davon erzählen, woher ich ihn kannte.

»Ich … keine Ahnung!«, er schaute mich immer verwirrter an, doch sagte nichts mehr, sondern nahm meine Hand und ging einfach weiter. Ich ging mit ihm und ließ mir nichts anmerken, doch in Gedanken war ich nur noch bei *ihm*.

Der siebte Traum

»Sophie, ihr seid schon über zwei Monate zusammen und du willst doch, dass es so bleibt, oder?«

»Ja … schon, aber ich weiß nicht, ob ich dafür schon bereit bin.«

»Hör zu. Ich hatte auch Angst vor meinem ersten Mal und …«

»Ich habe keine Angst davor, ich weiß nur nicht, ob er der Richtige ist!«

»Liebst du ihn?«

»…«

»Sophie! Liebst du diesen unglaublich scharfen Kerl?«

»Ich … ich weiß es nicht. Woran merke ich das denn?«

»Liebes, wenn du ihn lieben würdest, dann wüsstest du es. Man kann es nicht erklären, man kann es nur fühlen.«

»Und was soll ich jetzt machen?«

»Das musst du schon selbst entscheiden!«

»Julia, du bist meine beste Freundin, kannst du mir nicht einfach sagen, was ich tun soll?«

»Wir machen es so: ich stelle dir ein paar Fragen und du antwortest mir ehrlich und direkt, verstanden?«

»Verstanden.«

»Willst du es tun?«

»Irgendwie … schon … keine Ahnung.«

»Was sagt dein Kopf dazu?«

»Tu es, dann hast du es hinter dir.«

»Was sagt dein Herz?«

»Lass es, er ist nicht der Richtige.«

»Dann solltest du auf deinen Bauch hören!«

»Und was sagt der mir?«

»Das, meine Liebe, musst du selbst rausfinden. Mein erstes Mal hatte ich auch nicht mit „dem Einen", aber ich bereue es nicht. Er war gefühlvoll, vorsichtig, und hat Rücksicht auf mich genommen. Jonas ist erfahren und mit Sicherheit eine gute Entscheidung. Und, wer weiß, vielleicht verändern sich danach auch deine Gefühle zu ihm. Egal wie du dich entscheidest, melde dich morgen bei mir, okay?«

»Versprochen.«

Als ich den roten Knopf drückte, um das Gespräch zu beenden, ließ ich mich zurück auf die Sofakissen fallen und seufzte laut auf. Irgendwie hatte ich mir mehr von diesem Gespräch erhofft. Schon seit ein paar Wochen wurden die Anspielungen von Jonas deutlicher und ich wusste, dass er langsam die Geduld verlor. Heute Nacht sollte ich bei ihm schlafen und ich konnte keine Entscheidung treffen.

Oder ich wollte nicht.

Doch worauf wartete ich?

Das der Mann meiner Träume auf einem glitzernden Einhorn durch mein Wohnzimmer reitet und mich mit in sein verzaubertes Schloss nimmt?

Darauf konnte ich lange warten und diese Eigenschaft gehörte noch nie zu meinen Stärken. Schon in wenigen Minuten musste ich aufbrechen, denn er hatte für uns gekocht und hasste Unpünktlichkeit. Mein Kopf kämpfte gegen mein Herz, mein Herz umso stärker gegen meinen

Kopf. Welche war die richtige Entscheidung? Vielleicht sollte ich Julias Worten folgen und einfach auf meinen Bauch hören. Er würde mir schon sagen, welche die richtige Entscheidung ist.

***

Ich lag in seinem Bett und Tränen brannten in meinen Augen. Nachdem er mich an der Tür begrüßt und sofort in sein Schlafzimmer gelockt hatte, wusste ich, wie ich entscheiden würde. Herz, Kopf und Bauch waren innerhalb von Sekunden derselben Meinung. Er küsste mich leidenschaftlich, sagte mir, wie schön er mich fände, konnte seine Hände kaum noch bei sich behalten, und ich stoppte ihn. Sagte ihm, dass ich noch nicht bereit wäre. Seine Reaktion darauf war anders, als ich sie erwartet hätte. Seinen sonst so verständnisvollen Blick bekam ich dieses Mal nicht zu sehen und seine Laune verschlechterte sich abrupt, bevor er von mir abließ und sich ins Bett legte, mit dem Rücken zu mir gewandt. Seither lag ich nun hier, dachte über meine nächsten Schritte nach und wusste insgeheim schon, dass es so nicht weitergehen konnte.

Ich musste ihn verlassen.

Auch, wenn er mir so viel gab, es reichte einfach nicht.

Es war keine Liebe und mittlerweile wusste ich, dass es niemals Liebe sein würde.

Ich wischte mir die Tränen von der Wange, hörte seinen gleichmäßigen Atem, der mir zeigte, dass er tief und fest schlief, stand auf, und nahm all meine Sachen, die sich die letzten Wochen bei ihm angesammelten hatten, um sie in meine Reisetasche zu stecken. Nachdem ich mich vergewissert hatte, alles eingepackt zu haben, ging ich ein letztes Mal in sein Schlafzimmer und sah ihn an. Wenn er schlief, war er fast noch schöner als sonst, doch Äußerlichkeiten hatten mich noch nie interessiert. Viel wichtiger ist es doch, was in der Verpackung steckt.

Wieder spürte ich Tränen auf meiner Wange und das war mein Zeichen, diese Situation und ihn zu verlassen.

Für immer.

Ich schloss leise die Haustür hinter mir und machte mich auf den Weg zu meinem Auto, in dem ich mich zurücklehnte und tief durchatmete, bevor ich den Motor startete und nach Hause fuhr.

***

Nach einer langen und heißen Dusche, in der ich mir alle nur möglichen Szenarien vorstellte, in denen ich Jonas peinlicherweise begegnen könnte, entschied ich mich dazu, ihm eine Nachricht zu schreiben. Ich legte mich in mein Bett, nahm mein Handy von meinem Nachttisch und fing an zu tippen.

Jonas, es tut mir leid, dass ich heute Morgen nicht mehr da bin. Das mit uns klappt einfach nicht. Ich bin noch nicht bereit, unsere Beziehung zu vertiefen, so wie du es gerne hättest. Außerdem liebe ich dich nicht.

Ich überlegte, ob das nicht etwas zu hart wäre, und löschte den letzten Teil wieder.

Jonas, es tut mir leid, dass ich heute Morgen nicht mehr da bin. Das mit uns klappt einfach nicht.

Nachdem ich auf Senden gedrückt hatte, ging es mir schon wesentlich besser. Der Schlussstrich musste sein und war längst überfällig, so weh es auch tat. Wie gerne ich ihn so geliebt hätte, wie er es verdiente. Doch scheinbar war ich wirklich nicht in der Lage zu lieben.

Außer bei *ihm*.

Ihn liebte ich von der ersten Sekunde, als ich ihn sah. Innerhalb von wenigen Momenten hat er mein Herz in Beschlag genommen und ich wusste in diesem Augenblick, dass er es niemals hergeben würde.

Es gehört ihm.

Für immer.

Wenn er an Jonas stelle gewesen wäre, hätte ich Kopf, Herz und Bauch nicht gebraucht, um meine Entscheidung zu treffen.

Mit ihm fühlte sich einfach alles richtig an …

Ich schlage meine Augen auf und das Mondlicht, das durch meine Vorhänge schimmert, taucht mein Schlafzimmer in ein gemütliches Licht. Lächelnd schließe ich meine Augen wieder und lausche dem Wind, der durch die Bäume fegt, dem Regen, der an mein Fenster

*schlägt und seinem Herzschlag, der mich beruhigt und wohlfühlen
lässt.*

Moment mal!

Seinem Herzschlag?

*Blitzschnell öffne ich meine Augen wieder und setze mich auf. Ich
schaue in die Richtung, aus der ich den schönsten Takt der Welt
höre, und sehe ihn. Er steht an der Tür gelehnt und schaut mich
an, mit einem leichten Lächeln auf den Lippen.*

»Ich wollte dich nicht wecken.«

»Warum nicht?«

»Du sahst so friedlich aus. Friedlich und wunderschön.«

*Ich merke, wie meine Wangen erröten, und lächle ihn verliebt an,
während ich aufs Bett klopfe und ihm so zu verstehen gebe, dass ich
ihn gerne neben mir hätte. Sofort setzt er sich in Bewegung, streift
sich vor dem Bett die Schuhe von den Füßen, legt sich mit einem
breiten Lächeln neben mich und zieht mich so nah an ihn heran,
wie es nur möglich ist. Seine Arme halten mich fest und warm,
während er mir einen Kuss auf die Stirn gibt und meine Welt
plötzlich vollkommen perfekt ist. Vergessen sind die letzten
Stunden, in denen ich mich so unwohl fühlte. Ich hebe meinen Kopf
und sehe ihm tief in die Augen, die so warm und liebevoll
zurückschauen, dass es mir eine Gänsehaut bereitet. Plötzlich
möchte ich nur noch eines:*

Ihn spüren.

Ihn so spüren, wie nie jemanden zuvor.

*Ich nehme all meinen Mut zusammen und verschließe meine
Lippen mit seinen, küsse ihn, als würde mein Leben davon
abhängen. Er erwidert den Kuss auf dieselbe Weise und eine Welle
aus Gefühlen durchläuft meinen Körper, die mich zusammenzucken*

73

lässt. Mit einem Mal löst er sich von diesem leidenschaftlichen Kuss und sieht mir atemlos und eindringlich in die Augen. Er spürt, dass ich mehr möchte. Mehr von all dem hier. Mehr von ihm.

»Bist du dir sicher?«, seine Stimme ist belegt und ich sehe das Verlangen in seinem Blick.

»Ich war mir noch nie so sicher!«, kaum spreche ich die Worte aus, prallen seine Lippen auf meine und er dreht uns so, dass ich unter ihm liege. Seinen schweren Körper so auf meinem zu fühlen, weckt noch nie dagewesene Empfindungen in mir und meine Hände auf seinen sehnigen, muskulösen Armen, die sich rechts und links neben meinem Kopf befinden, kribbeln und verbrennen auf seiner Haut. Als wären alle Scham und meine Unerfahrenheit wie weggeblasen, fahre ich mit meinen Händen weiter über seinen Körper, bis ich den Saum seines Shirts erreicht habe. Ich lege sie darunter und keuche leise in seinem Mund, als ich die warme Haut und seine Muskeln an meinen Fingerspitzen spüre. Auch er stöhnt kurz auf, denn er scheint dieses Kribbeln auch zu spüren, und es ist das wohl schönste Geräusch, das ich je hören durfte. Ich weiß schon jetzt, dass ich davon nie genug bekommen werde.

Genauso wie von ihm.

Wieder löst er sich schwer atmend von meinen Lippen und kniet sich zwischen meine Beine, umfasst den Saum seines Shirts mit beiden Händen und zieht es sich über den Kopf. Kurzzeitig vergesse ich zu atmen, als ich seinen Oberkörper sehe. Sein Bauch ist muskulös und definiert, doch ich kann mich nicht lange darauf konzentrieren, denn etwas anderes sticht mir ins Auge.

Auf seiner Brust befindet sich ein majestätischer Adler, der seine Flügel weit ausgebreitet hat, und der so realistisch wirkt, dass ich den Wind, den ein Flügelschlag aufwirbelt, fast spüren kann. Ich streiche mit meinen Fingerspitzen über die Tätowierung, während er jeden meiner Bewegungen genaustens beobachtet, als würde er mich studieren. Als ich bei seinen Krallen angekommen bin, sehe ich den Schriftzug, der in feiner Schrift darunter steht, und lese ihn laut vor.

»Zahme Vögel singen von Freiheit. Wilde Vögel fliegen.«

Ich sehe in seine Augen und fühle mich dabei, als könnte ich in seine Seele schauen.

»Bist du das? Wild und frei?«, seine Augen leuchten auf und ein leichtes Lächeln bildet sich auf seinen Lippen.

»Nur bei dir, meine Schöne. Ich habe das Gefühl, das ich nur bei dir der sein kann, der ich wirklich bin.«

Diese Worte aus seinem Mund zu hören treibt mir Tränen in die Augen. Worte, die ich nicht schöner hätte formulieren können und die ich genauso fühle. Ich lege meine Hände in seinen Nacken und ziehe ihn zu mir, sodass unsere Lippen aufeinandertreffen. Ich spüre seine Hände überall auf meinem Körper, doch es fühlt sich nicht falsch, sondern einfach großartig und richtig an. Als er den Saum meines Shirts packt, setze ich mich etwas auf, sodass er es mir über den Kopf ziehen kann. Ich liege nur in Bustier, das ich nachts immer trage, und Shorts vor ihm, doch es ist mir nicht unangenehm. Ich liebe meinen Körper, doch die Vorstellung, mich vor jemandem nackt zu zeigen, hat mir schon immer Angst gemacht.

Nicht so bei ihm.

Ich kann es kaum erwarten, seine nackte Haut auf meiner zu spüren, sodass ich mir das Bustier selbst über den Kopf ziehe und mich zurück in die Kissen lege. Ich kann jeden seiner Blicke auf meiner Haut spüren. Das Kribbeln ist kaum noch auszuhalten und *sein Blick verrät nichts anderes als pures Verlangen und bedingungslose Liebe.*

»Du bist atemberaubend schön. Du bist ... perfekt.«

Mit den Lippen nah an meiner Haut spüre ich jedes seiner gesagten Worte, und als er meine Haut berührt, sanft und zart, tanzen die Schmetterlinge in meinem Bauch Tango. Für mich gibt es nun kein Halten mehr, also lege ich meine Hände an den Bund seiner Hose und ziehe sie ein Stück runter, wobei er mir hilft, sodass sie kurz darauf auf dem Boden landet. Wir küssen uns leidenschaftlich, während wir uns die übrigen Stoffe, die uns voneinander trennen, regelrecht vom Körper reißen, und hören erst auf, als wir beide völlig atemlos sind. Das Gefühl seiner nackten, heißen Haut auf meiner ist überwältigend. Er legt seine Hand an meine Wange und schaut eindringlich von einem in das andere Auge, von Grün nach Blau, bevor er die Worte zu mir spricht, die ich noch nie von einem Mann gehört habe.

»Ich ... ich liebe dich!«, sein Blick, so ehrlich und verwundert, treibt mir wieder Tränen in die Augen.

»Ich liebe dich auch! Seit der ersten Sekunde, in der ich dich sah!«, mit tränenerstickter Stimme spreche ich die Worte aus und meine jedes genauso, wie ich es sage. Er schluckt hart und ich sehe, wie ihm das Wasser in den Augen steht, doch er blinzelt es schnell weg und legt seine Lippen auf meine. Diesmal nicht zart, sondern wild und leidenschaftlich, während unsere Körper sich immer näher aneinanderpressen. Ich spüre seine Härte zwischen meinen Beinen und kann es kaum abwarten, ihn in mir zu spüren. Als hätte er meine Gedanken gelesen, dringt er, ohne den Kuss zu unterbrechen, in mich ein. Vorsichtig und langsam, als wüsste er, dass es mein erstes Mal ist. Auch wenn es zwickt und ungewohnt ist, kann ich

mir nichts Schöneres vorstellen, als ihn so zu spüren. Als er mich vollkommen ausfüllt, unterbricht er den Kuss und sieht mich prüfend an.

»Alles okay? Tut es weh?«

»Es ist perfekt!«, ich lege meine Hände auf seinen Rücken und ziehe ihn noch näher zu mir, als er beginnt, seine Hüften zu bewegen. Gleichzeitig entfährt uns ein Keuchen und wir finden schnell einen Takt, der uns beide an den Abgrund treibt. Ich verliere mich in einer Welle von Empfindungen, die mich immer tiefer zieht, und nehme alles viel stärker wahr. Seine schnelle Atmung, der beschleunigte Herzschlag, die Schweißperlen auf seiner Haut, die sich mit meinen vermischen, sein leises Stöhnen, wenn er tief in mich eindringt. Seine Lippen auf meinen, seine Zunge, die mit meiner tanzt und seine Hände, die mich überall berühren. Ich spüre einen Knoten in meinem Bauch, der danach schreit, gelöst zu werden, und nur ein paar Stöße später, ist es soweit. Der Orgasmus wirft nicht nur mich, sondern auch ihn aus der Bahn und wir bleiben noch lange danach auf- und ineinander liegen, bis er sich von mir rollt und mich ganz nah an sich zieht. Wir liegen nebeneinander, unsere Nasen berühren sich fast, und wir lächeln uns an.

Meine Augen fallen immer weiter zu, da seine Wärme und die Gewissheit, dass er bei mir ist, so beruhigend ist. Als ich schon fast wegdämmere, spüre ich, wie er meine Stirn küsst und flüstert:

»Ich werde dich immer lieben. In jeder Stunde, in jeder Minute, in jeder Sekunde. Bis ans Ende meines Lebens.«

Noch bevor ich die Augen öffnete, streckte ich mich und atmete seinen Geruch tief ein. Mir war mittlerweile klar, dass er heute Morgen nicht mehr bei mir sein würde, aber ich genoss das Gefühl, ihn noch immer spüren zu können.

Was ein wundervoller Traum.

Was ein wundervolles erstes Mal.

Ich konnte mir noch immer nicht erklären, wie das alles real und gleichzeitig so surreal sein konnte, doch ich gab mich damit zufrieden.

Fürs Erste.

Ich setzte mich auf, gähnte und streckte mich noch einmal ausgiebig, bückte mich nach meinen Pantoffeln, die ich daraufhin anzog, und stand auf. Schon beim ersten Schritt merkte ich, dass sich etwas anders anfühlte. Es zog in meinem Unterleib und es fühlte sich an, als wäre ich wund. Schnell eilte ich ins Bad, denn noch etwas fühlte sich komisch an. Ich zog meinen Slip runter, setzte mich auf die Toilette und war plötzlich starr vor Angst.

In meinem Slip war Blut.

Nicht viel, aber es war da. Ich überlegte kurz, ob ich vielleicht meine Tage bekommen hatte, doch die sollten sich erst in zwei Wochen wieder blicken lassen. Das war alles nicht möglich!

Bevor ich vollkommen in Panik ausbrach, nahm mein Handy in die Hand, um Julia eine Nachricht zu schreiben. Ich musste unbedingt mit jemandem reden, der mich auf den Boden der Tatsachen holen sollte, sonst könnte ich mich bald einweisen lassen.

Hast du Zeit? Ich muss unbedingt mit dir sprechen …

Kaum hatte ich die Nachricht verschickt, kam auch schon die Antwort.

Ich fahre sofort los! Du weißt, wie ich meinen Kaffee trinke!

Ich ging ausgiebig duschen, zog mich an und kümmerte mich in der Wartezeit um den Haushalt. Etwa zwei Stunden später, kurz nachdem ich zwei Tassen Kaffee auf den Wohnzimmertisch gestellt hatte, klingelte es.

»Du hast es getan!«, mein Blick muss ziemlich verwirrt und fragend ausgesehen haben, denn sie lachte laut los und ging einfach an mir vorbei ins Wohnzimmer. Ich trottete ihr hinterher und wartete darauf, dass sie weitersprach.

»Glaub mir, Sophie, ich sehe es jemandem auf kilometerweite Entfernung an, ob er Sex hatte oder nicht! Wie war es? Ich will jedes Detail wissen!«, sie ließ sich noch während des Sprechens aufs Sofa fallen und nahm ihre Tasse, an der sie genussvoll roch und einen Schluck nahm.

»Ich hatte keinen Sex ... also ... irgendwie schon, aber nicht so, wie du es jetzt denkst!«, mit großen Augen sah sie mich an.

»Hat Jonas irgendwelche perversen Sexpraktiken mit dir gemacht?«, wäre ich nicht so verwirrt und aufgeregt gewesen, hätte ich bei ihrem Anblick wahrscheinlich gelacht.

»Nein, mit Jonas habe ich gestern Abend Schluss gemacht. Es gibt da jemanden, der ...«, ich kam nicht weiter, denn der Schluck Kaffee, den Julia gerade noch im Mund hatte, verteilte sich nun auf meinem Wohnzimmertisch.

Und dem Boden.

Und dem Sofa.

Sie wischte sich den Mund ab und plapperte sofort drauf los.

»Du hast mit Jonas Schluss gemacht? Und du hast schon einen Neuen? Wer ist er? Wie sieht er aus? Ist er noch heißer als Jonas? Wieso weiß ich nichts von ihm? Warum hast du …«, ich hob meine Hand um sie zu stoppen, was sie, Gott sei Dank, auch tat.

»Es ist etwas anders, als du vielleicht denken magst. Ich erzähle dir alles, aber du musst mir eins versprechen, okay?«

»Okay.«

»Du darfst mich nicht unterbrechen …«, ich sah auf die Kaffeeflecken und setzte noch nach, »und bitte trink währenddessen nichts …!«

Nachdem ich ihr von jedem Traum, den ich bis jetzt hatte, erzählte, saß sie mit offenem Mund vor mir. Ich erzählte ihr jedes kleine Detail. Von seinem Geruch, von den Gefühlen, die über den Traum hinausgingen, von den feuchten Haaren nach dem Traum auf dem Friedhof und auch von dem Blut heute Morgen. Wartend sah ich sie an, da sie noch keinen Ton gesagt hatte.

»Glaubst du ich bin verrückt?«

»Sophie, ich weiß schon lange, dass du verrückt bist, aber das bin ich ja auch!«, sie nahm sich ein Kissen und roch daran, was mich beruhigte. Es war ein Zeichen dafür, dass sie mir glaubte.

»Also ich rieche nichts …!«, ein bisschen enttäuscht ließ sie das Kissen fallen.

»Es ist auch schon Wochen her, irgendwann ist der Geruch verflogen. Aber mein Bett …«, ich hatte es nicht ausgesprochen, doch wir sahen uns in die Augen und wussten beide, wie der Satz enden sollte. Gleichzeitig sprangen wir auf und eilten ins Schlafzimmer, wo wir uns schwungvoll aufs Bett schmissen. Wir gruben unsere Nasen tief in die Kissen und zogen den Geruch ein, den ich unter Tausenden erkennen würde. Julias Augen wurden groß und sie sah mich erschrocken an.

»Sophie … das … riecht nach einem Mann.«

»Ich weiß.«

»Und zwar nicht nach Jonas. Ich habe mal heimlich an ihm geschnüffelt und er riecht eher süßlich, aber das hier … das riecht männlich!«, sie nahm einen weiteren tiefen Atemzug, bevor ich ihr das Kissen wegnahm und selbst daran roch. Ich schmunzelte kurz über meinen kurzen Eifersuchtsanfall und ließ mich in meine Kissen fallen. Julia tat es mir gleich und wir blieben noch einige Stunden so liegen, bis wir an die Tür gehen mussten, um die bestellte Pizza zu bezahlen. Bis in die späten Abendstunden saßen wir noch zusammen und redeten pausenlos über den Mann meiner Träume, bis sie nach Hause fuhr. Erst jetzt sah ich auf mein Handy und stellte fest, dass Jonas meine Nachricht zwar gelesen, aber nicht beantwortet hatte. Eigentlich hätte ich traurig sein müssen, über die Trennung und die Tatsache, dass ich ihn vielleicht verletzt hatte.

Eigentlich.

Doch ich fühlte mich viel zu gut, glücklich und frei.

Frei wie ein wilder Vogel …

Der achte Traum

Noch nie zuvor war ich bei einem Tätowierer und so langsam ließ mich mein Mut, den ich noch vor wenigen Tagen hatte, im Stich. Als ich ein paar Tage nach dem letzten Traum, vor ungefähr einem Monat, den Termin machte, war ich mir so sicher. Mir ging einfach sein Tattoo nicht mehr aus dem Kopf. Dieser stolze Adler, dieser Spruch … diese ganze Nacht … es war, als hätte sich mein Leben innerhalb von ein paar Stunden verändert. Ich wollte nicht mehr der zahme Vogel sein, der die Freiheit nie erfahren durfte … ich wollte fliegen.

Und genau deshalb sollte dieser Spruch jetzt auch meinen Körper schmücken.

Schon am Telefon erklärte ich dem Tätowierer was ich mir vorstellte und nun saß er in einem kleinen Raum, um alles vorzubereiten. Am liebsten hätte ich heute Morgen den Termin abgesagt, doch Julia zwang mich ihn wahrzunehmen. Wir waren momentan noch unzertrennlich als vorher und selbstverständlich begleitete sie mich auch bei dem heutigen Ereignis. Die ganze letzte Woche hatte sie bei mir verbracht, in der Hoffnung, dass ich wieder von ihm Träumen würde.

Leider ohne Erfolg.

Und ich vermisste ihn so sehr, dass es wehtat.

Zwischen Julia und mir gab es kaum noch ein anderes Thema, und auch wenn ich froh darüber war, endlich mit jemandem über ihn sprechen zu können, wurde meine Sehnsucht dadurch noch größer.

Wenn ich es doch nur beeinflussen könnte!

Wir haben in der letzten Woche mehr als nur einmal die Träume analysiert, haben alles Mögliche versucht, um einen Traum hervorzurufen. An einem Abend betranken wir uns, wie ich es auch in der Disco getan hatte, an einem anderen Abend küsste Julia mich plötzlich, so wie es im ersten Traum war, doch mehr als einen Lachanfall brachte es uns nicht ein. Auch an dem Tag, an dem ich das erste Mal wieder mit Jonas sprach, folgte kein Traum. Er nahm das alles sehr gefasst, ein wenig zu gefasst, und schien mit meiner Entscheidung eher glücklich zu sein. Natürlich konnte es auch daran liegen, dass wir ihn schon drei Tage davor mit einer anderen Frau an der Hand im Einkaufszentrum sahen. Wäre die Situation normal gewesen, hätte ich eifersüchtig sein müssen, doch da ich nie Gefühle für ihn hatte, blieb die Eifersucht aus. Julia bewunderte mich dafür, doch ich fand es traurig.

Ich wollte Gefühle haben.

Gefühle für jemanden, den es wirklich gab.

Doch ich musst mich natürlich in einen Traum verlieben. Eine Erscheinung, die sich mein seltsames Gehirn ausdachte. Vielleicht sollte ich mal zum Arzt gehen und checken lassen, ob sich nicht ein großer, gutaussehender, blauäugiger Tumor in meinem Kopf befindet, der mich im Traum mit seinen sinnlichen Lippen um den Verstand bringt. Oder mich entjungfert.

»Sophie? Ich wäre jetzt soweit!«, Jacob, der Tätowierer, stand im Türrahmen und sah mich erwartungsvoll an. Jetzt sollte es soweit sein und es kam, wie es kommen musst.

Ich war starr vor Angst.

»Sophie? Kommst du mit?«, ich sah Julia an, die mit einem leichten Schmunzeln auf den Lippen vor mir stand, und schüttelte nur leicht den Kopf.

»Ich glaube, ich kann das doch nicht!«

»Und ob du kannst! Ich bin doch bei dir und … *er* doch irgendwie auch!«

»Es ist zu spät, dir jetzt zu sagen, dass das alles nur ein blöder Scherz war und du voll drauf reingefallen bist, oder?«, lauthals, den Kopf in den Nacken werfend, lachte sie los.

»Viel zu spät!«, sie streckte ihre Hand aus und ich nahm sie an, ließ mich von ihr an den Ort des Schreckens ziehen. Das Folgende sollte für die Ewigkeit sein.

So wie er und ich.

»War es denn wirklich so schlimm?«, schmunzelnd sah Julia mich an. Eine ganze Stunde hat Jacob die schwarze Farbe unter meine Haut gestochen und ich könnte nicht glücklicher darüber sein, dass es endlich vorbei war.

»Ja!«, sie verschränkte ihre Arme vor der Brust und hob eine Augenbraue.

»Na gut! Ich hätte es mir schlimmer vorgestellt!«, sichtlich glücklich mit meiner Antwort trat sie einen Schritt zurück, damit ich aufstehen und mir das Werk anschauen konnte. Ich ging zu dem großen Spiegel, der an der Tür hing und in der Sekunde, als ich es sah, schossen mir Tränen in die Augen.

Es war perfekt.

Die zierliche Schwalbe, die nun mein Schulter schmückte, und mit ausgebreiteten Flügeln auf meiner Haut schwebte, sah unglaublich frei aus. So wie ich mich fühlte. Der Spruch, den wir nun beide auf unseren Körpern trugen, stach in geschnörkelter Schrift darunter hervor. Nicht ein Mal in den letzten Monaten fühlte ich mich ihm, außerhalb eines Traumes, so nah, und ich wusste, dass er so irgendwie immer bei mir sein würde.

Julia trat neben mich und wischte mir eine Träne von der Wange, bevor sie mir einen Kuss auf diese drückte.

»Ich bin stolz auf dich! Es ist einfach … wunderschön!«

»Das ist es, nicht wahr?«

Wir umarmten uns so lange bis wir von Jacob unterbrochen wurden, der mir mein Shirt reichte. Nachdem ich mich bei ihm bedankte und ihn für die geniale Arbeit entlohnt hatte, gingen wir noch zu dem Italiener um die Ecke, denn viel Zeit blieb uns nicht mehr. Julia musste heute wieder abreisen, obwohl ich mich schon so sehr daran gewöhnt hatte, nicht mehr alleine in der Wohnung zu sein. Doch schon in wenigen Tagen sollten wir wieder vereint sein. Mein Vater hatte am Wochenende Geburtstag, sodass ich ganze drei Tage in meinem Elternhaus verbrachte. Ich freute mich auf die Zeit mit ihnen, doch mein erster Gedanke war, ob ich dort von ihm träumen würde. Immerhin war es der Ort, das Zimmer, das Bett, in dem ich das erste Mal von ihm geträumt hatte. Als ich Julia vor wenigen Tagen von dieser Hoffnung erzählte, entschied sie natürlich sofort, dass sie die zwei Nächte mit mir in meinem kleinen Bett verbringen würde. Ich hatte zwar versucht ihr klar zu machen, dass es für zwei Personen zu klein war, doch wenn sie sich etwas in den Kopf setzte, gab es für sie kein Halten mehr.

Nach dem Essen fuhren wir zurück zu meiner Wohnung, packten ihre Sachen zusammen und ich begleitete sie noch zu ihrem Auto, um mich zu verabschieden. Ich blieb so lange an der Straße stehen und winkte ihr hinterher, bis ich ihre Rücklichter nicht mehr sehen konnte, und ging erst dann zurück. Mit meinen Kuschelsocken, einem Glas Wein und einem neuen Fantasieroman bewaffnet legte ich mich auf mein Sofa und begab mich in eine andere Welt. Doch viele Kapitel schaffte ich nicht, denn meine Augen wurden immer schwerer …

Ein lautes Geräusch lässt mich aufschrecken.

Ich schaue mich hektisch um und merke, dass ich mitten auf einer Straße stehe. Vor mir ein Auto, dessen Fahrer wild gestikulierend hinter dem Steuer sitzt. Er hupt ein weiteres Mal und ich trete ein paar Schritte zurück, sodass er problemlos vorbeifahren kann. Suchend blicke ich mich um, doch ich weiß nicht, wonach ich Ausschau halte. Ich gehe ein Stück weiter zurück und setze mich auf eine Bank, die mitten auf dem Gehweg steht. Warum bin ich hier? Vielleicht sollte ich ein Stück laufen, um es herauszufinden

… doch in welche Richtung? Oder soll ich doch besser sitzen bleiben und warten? Doch … worauf?

Bevor ich den Gedanken weiter ausbauen kann, öffnet sich eine Tür auf der gegenüberliegenden Straßenseite und laute Musik schallt mir entgegen. Es scheint ein Club zu sein, denn ich sehen tanzende und singende Menschen. Plötzlich taucht ein mir allzu bekanntes Gesicht auf und mein Herzschlag beschleunigt sich. Er tritt aus der Tür, bleibt davor stehen und streicht sich mit beiden Händen genervt über sein Gesicht. Magisch von ihm angezogen stehe ich auf und setze mich in Bewegung, meine Füße steuern mich direkt auf ihn zu, als er die Hände von seinem Gesicht nimmt und mir direkt in die Augen schaut. Sein Blick verändert sich sofort, wird weicher, und er lächelt mich an. Bevor ich etwas sagen kann, hat er die letzten Meter zwischen uns mit großen Schritten überwunden und nimmt mich in den Arm. Endlich fühle ich mich wieder vollkommen.

Ich fühle mich, als wäre ich zuhause angekommen.

»Du glaubst nicht wie sehr ich dich vermisst habe!«, er spricht die Worte nah an meinem Ohr, sodass es mir eine Gänsehaut bereitet, drückt mir danach einen Kuss auf die Schläfe und umarmt mich noch fester. Auch ich kralle mich wie eine Ertrinkende an ihn, denn das Wort „vermissen" drückt noch lange nicht aus, was ich die letzten Wochen gefühlt habe. Ich will ihm gerade sagen, dass es mir nicht anders ging, als wir von zwei Betrunkenen, die lautstark den Club verlassen, gestört werden. Er löst sich von mir, doch nimmt sofort meine Hand, die er mit Küssen übersäht.

»Wie sieht's aus, gehen wir ein Stück?«, auch wenn ich nicht wollte … alleine sein Lächeln bringt mich dazu, zu nicken. Hand in Hand schlendern wir die Straße entlang, die nur von den

Laternen am Gehweg beleuchtet wird. Alleine würde ich mich wahrscheinlich fürchten, doch mit ihm an meiner Seite fühle ich mich so sicher wie nie zuvor. In diesem Moment fühlt sich alles so real an, als wären wir ein ganz normales Paar, das nachts durch die Straßen schlendert.

»Hattest du Spaß in dem Club?«

»Spaß kann man das nicht nennen, nein.«

»Du gehst also nicht gerne feiern?«

»Nicht mehr. Ich war früher jedes Wochenende unterwegs, auch gerne mal unter der Woche, aber seit … seit ich dich kenne, ist alles anders.«

Erstaunt über seine Worte bleibe ich stehen und nehme auch seine andere Hand in die Meine. Ich stelle mich auf die Zehenspitzen und küsse ihn sanft. Das Kribbeln auf meinen Lippen ist kaum auszuhalten, doch zugleich zu schön, um es zu unterbrechen. Er erwidert den Kuss, lässt meine Hände los, nimmt mein Gesicht in beide Hände und rückt so nah an mich ran, dass kein Blatt mehr zwischen uns passt. Meine Arme legen sich vollautomatisch um seinen Rücken und wir küssen uns in eine andere Dimension. Mal sanft, mal leidenschaftlich, mal wild und ungehalten. Mein Verlangen nach ihm entfacht binnen von Sekunden und ich wünschte, wir wären bei mir zuhause.

Doch wie es ausschaut, ist das heute nicht für uns vorgesehen.

Als wir unsere Lippen voneinander lösen, um nach Luft zu schnappen, zieht er mich an seine Brust und schließt mich wieder in eine feste, liebevolle Umarmung.

»Du bist die Einzige für mich. Wenn ich doch nur wüsste, wo ich dich finden kann …«, geschockt verkrampfe ich mich in seinen

Armen. Doch es sind nicht seine Worte, die mich schocken, sondern etwas anderes.

»Hey, alles okay bei dir?«, ich sehe die Beunruhigung in seinem Blick, er schaut mich so besorgt an, doch ich kann nicht antworten. Ich höre etwas pfeifen und es wird immer lauter.

»Was ist los?«

Ein Knall. Ein lauter Knall, der mich zusammenzucken lässt.

»Wovor hast du Angst? Bitte, sag doch was!«, seine Hände halten mich fest an meinen Schultern und er sucht in meinem Gesicht nach Antworten. Doch die kann ich ihm nicht geben, denn dieses Geräusch …

… atemlos schreckte ich auf und mein Weinglas landete mit einem lauten Klirren auf dem Boden. Rote Flüssigkeit verteilte sich auf dem Boden und spiegelte sich in lauter kleiner Scherben, als ein Blitz das Zimmer erhellte. Kurz darauf ertönte ein gewaltiger Donnerschlag, dass Geräusch aus meinem Traum. Der Regen prasste an mein Fenster, der Wind pfiff laut. Ich ließ mich in die Kissen fallen und schloss die Augen, in der Hoffnung, mich wieder in meine Traumwelt zurückversetzen zu können. Dieses verdammte Unwetter war schuld daran, dass ich aus seinen Armen gerissen wurde und ich wollte es ihm so gerne erklären. Er war so besorgt gewesen, hatte regelrecht Angst.

Nach zehn Minuten merkte ich, dass es keinen Sinn machte. Ich war hellwach und viel zu aufgekratzt, als das ich wieder hätte einschlafen können. Also nahm ich mich der Aufgabe an das Chaos zu beseitigen und danach in meinem Bett einen neuen Versuch zu wagen. Doch vorher nahm ich mein Handy und schrieb Julia eine SMS. Immerhin hatte ich ihr versprochen mich sofort zu melden, falls ich wieder einen Traum haben sollte. Ich schrieb ihr, was ich geträumt hatte und wie hilflos ich mich gerade fühlte.

So verlassen und unvollständig.

Ich wünschte mir immer mehr, mich einfach in meine Traumwelt denken zu können. Es beeinflussen zu können. Doch aus meiner Erfahrung wusste ich, dass es nicht möglich war. Das bekam ich auch zu spüren, als ich mich stundenlang im Bett rumwälzte, weil ich einfach nicht einschlafen konnte …

Der neunte Traum

»Jetzt lass uns endlich tanzen gehen!«, Julia zerrte an meinem Arm und war kaum zu bremsen, denn die Band, die mein Vater für seinen Geburtstag gebucht hatte, spielte einen Hit nach dem anderen. Gerade begannen die ersten Takte von *Sugar,* und obwohl es sich dabei um ein Lied meiner Lieblingsband *Maroon 5* handelte, hatte ich keine große Lust, die Tanzfläche zu stürmen. Viel lieber beobachtete ich die Gäste und ließ mir den Sekt schmecken.

»Ich weiß, dass du dieses Lied liebst! Jetzt komm schon!«, ihr Dackelblick war kaum auszuhalten, doch ich musste standhaft bleiben.

»Ich habe wirklich keine Lust. Wir könnten doch einfach …«

»Keine Widerrede! Du kommst jetzt mit oder ich hetze deine Mutter auf dich! Und du weißt, was das heißt!«

Und wie ich das wusste.

Meiner Mutter konnte man nur schwer einen Wunsch abschlagen. Vor allem nicht, wenn sie wie jetzt leicht angetrunken war. Dann verhielt sie sich immer wie ein kleiner, verletzter Welpe.

»Na gut! Ein Tanz!«, ich hob meinen Finger, um zu verdeutlichen, dass es wirklich bei einem Tanz bleiben sollte, doch Julias überlegenem Blick zu urteilen, hatte sie ganz andere Pläne.

Wir gingen zur Tanzfläche, die schon gut gefüllt war, und fingen sofort an unsere Hüften kreisen zu lassen. Der Beat nahm uns mit und führte uns auf eine wilde Reise, wir sangen so laut und schief mit, wie es uns nur möglich war.

Zugegeben, ich hatte Spaß.

Auch den nächsten Song nahmen wir noch mit, genauso wie den danach. Julia wusste einfach, wenn ich mich auf ein Lied einließ, dass ich die nächsten Stunden nicht mehr von der Tanzfläche kam.

So ging der Abend schnell rum und wir verabschiedeten uns spät, um in mein altes Kinderzimmer zu gehen.

»Wow, was ein Abend. Deine Eltern verstehen es wirklich eine gute Party zu schmeißen.«

Sie ließ sich auf mein Bett fallen und machte mir sofort Platz, damit ich mich neben sie legen konnte. Wir kuschelten uns unter die viel zu kleine Decke, wie wir es auch früher schon getan hatten.

»Meinst du, du träumst heute wieder von ihm?«

»Ich weiß es nicht. Der letzte Traum ist erst wenige Tage her und normalerweise lag dazwischen immer ein größerer Zeitraum.«

»Normalerweise? Was ist denn bitteschön an dieser Situation ‚normal‘?«, wir prusteten beide los und hielten uns vor Lachen die Bäuche. Sie hatte so recht. Nichts war normal, also gab ich die Hoffnung nicht auf, vielleicht doch noch von ihm zu träumen.

Wir tuschelten noch lange, bis die Müdigkeit uns übermannte und wir Nase an Nase einschliefen.

Tanzende und hüpfende Menschen springen um mich herum. Alle haben Spaß und feiern ausgelassen, sodass ich mich von der guten Laune anstecken lasse. Der Raum, in dem ich mich befinde, erinnert stark an eine alte Lagerhalle, die aber mit viel Licht, einer großen Theke und einigen Sitzmöglichkeiten gemütlich wirkt.

Der perfekte Ort für eine solche Party.

Die Musik wird von einer Liveband gespielt, die mir auf Anhieb gefällt. Sie covern gerade einen Hit von Coldplay, *auf dem man einfach nicht stillstehen kann. Tanzend und lachend werde ich von der Menge immer weiter nach vorne gedrängt, bis ich fast genau vor der Bühne stehe. Ich reihe mich zu den Fans ein und juble der Band zu, als sie anfangen* Burnout *von* Green Day *zu spielen, eins meiner Lieblingslieder. Mein Blick fällt auf den Sänger und ich bin erstaunt, wie perfekt er dieses Lied beherrscht. Auch der Gitarrist rechts neben ihm ist voll in seinem Element. Doch plötzlich, als mein Blick auf den Schlagzeuger fällt, der in der Mitte des Liedes sein Solo beginnt, setzt mein Herz den bekannten Schlag aus.*

Das ist er.

Ich blinzle ein paar Mal gegen die grellen Lichter an, doch bin mir ziemlich sicher, dass er dort hinter dem Schlagzeug sitzt und mit voller Leidenschaft auf seinen Drums spielt. Ich kann meinen Blick nicht von ihm reißen, auch nicht, als das Lied endet und alle im Saal anfangen zu brüllen.

Immer wieder rufen sie ‚Jay‘, werden schneller und lauter, bis die Männer die Bühne freimachen und mein Traummann alleine darauf bleibt. Sofort beginnt er zu spielen und die Fans werden immer wilder, feuern ihn an, und auch ich kann mich nicht mehr zurückhalten. Er spielt so unfassbar gut, dass ich meinen Ohren kaum trauen kann.

Noch immer rufen die Leute um mich herum diesen Namen und ich lasse mich davon anstecken.

Ob es sein Name ist?

Als er sein Solo beendet, bebt der ganze Saal und er lächelt glücklich in die Menge. Irgendwie muss ich ihn auf mich aufmerksam machen, denn das Verlangen, mich in seine Arme zu werfen, wird immer größer.

Ich muss ihn spüren.

So gut es geht, versuche ich mich nach vorne zu drängeln, doch ich komme nicht an der feiernden Meute vorbei. Ich springe hoch, wedele mit meinen Armen, rufe seinen Namen, doch es ist genau das, was die Leute um mich herum auch machen. Wie soll ich bloß auffallen?

Mit einem Mal stürmen mehr Fans nach vorne und drängen mich immer weiter nach hinten.

Nein, das darf nicht passieren.

Ich versuche dagegen anzukämpfen, doch die anderen sind zu stark. Tränen brennen in meinen Augen und die Bühne wird immer kleiner, ich schlage um mich und schreie aus vollem Halse, doch keiner will mich hören.

»Jay! Jaaaaay!«, flehend sehe ich zur Bühne und die Tränen laufen über meine Wange, als er endlich in meine Richtung blickt. Verwirrt setzt er eine Hand an seine Stirn, um durch das grelle Licht besser sehen zu können und in diesem Moment treffen sich unsere Blicke. Sein Mund öffnet sich erstaunt und sofort setzt er sich in Bewegung, doch ich werde weiter nach hinten gedrängt.

»Jay!«, ich rufe nach ihm, immer und immer wieder, doch kann ihn durch die Menschenmassen nicht mehr sehen.

»Jaaaaaay …«

»Sophie! Wach auf! Sophie!«, ich öffnete meine Augen und sah in Julias besorgten Blick.

»Was ist los?«, ruckartig setzte ich mich auf und sah sie fragend an.

»Du hast im Schlaf um dich geschlagen, geweint und die ganze Zeit ‚Jay' gerufen.«

Um plötzlich erinnerte ich mich wieder. Der Traum.

»Wer ist Jay?«

»Er … *er* ist Jay. Ich habe von ihm geträumt.«

»Wirklich?«, aufgeregt setzte sie sich neben mich und nahm meine Hände.

»Erzähl mir alles!«, und das tat ich. Ich ließ kein Detail aus und hielt meine Gefühle nicht zurück. Er war mir so nah und doch so fern.

»Es tut mir so leid, dass ich dich geweckt habe. Hätte ich gewusst … ich hätte dich in deinem Traum gelassen!«

»Schon okay. Ich denke, es war das Beste. Ich habe mich so verloren und alleine gefühlt, dass war das Schlimmste daran. Ihn zu sehen und nicht zu ihm zu kommen, die vielen Menschen, die mich weggedrängt haben … es war die Hölle!«, wieder liefen Tränen über meine Wange, doch Julia wischte sie sofort weg und nahm mich in den Arm.

»Irgendwann, Sophie. Irgendwann werdet ihr euch in den Armen halten können, da bin ich mir sicher.«

»Du meinst, so *richtig*?«

»Natürlich. Vielleicht brauchen eure Körper noch etwas Zeit, um zueinanderzufinden, doch eure Seelen haben sich schon getroffen.«

»Du bist kitschig!«, ein Lächeln legte sich auf meine Lippen und auch Julia konnte sich ein Lachen nicht mehr verkneifen. An Schlaf war nicht mehr zu denken.

»Sollen wir aufstehen und uns über den restlichen Geburtstagskuchen hermachen? Immerhin haben wir schon ... oh! Wir haben ja erst 05:04 Uhr!«, komischerweise fühlte ich mich, als hätte ich schon stundenlang geschlafen, doch wir waren erst seit drei Stunden im Bett.

»Naja, ich bin jetzt sowieso hellwach. Holst du den Kuchen? Dann mache ich uns Kaffee.«

»Guter Plan!«

»Ach ja, Sophie? Es ist unverschämt, wie gut und erholt du aussiehst, obwohl wir kaum geschlafen haben!«, lachend, weil ich wusste, was ein Traum von ihm mit mir anstellte, drehte ich mich zu ihr um.

»Ich weiß!«

Der zehnte Traum

»Komm doch einfach mit uns! Das wird toll!«, seit zehn Minuten versuchte meine Mutter mich zu überreden, mit ihr und meinem Vater in drei Wochen nach Venedig zu fahren und so langsam gab ich mich geschlagen.

Warum auch nicht?

Venedig war eines meiner liebsten Urlaubsziele und ich war schon zwei Jahre nicht mehr dort gewesen. Meine Eltern waren noch nie sehr experimentierfreudig gewesen, sodass wir unseren Urlaub immer nur an zwei verschiedenen Orten verbrachten. Entweder Venedig oder Holland, und da wir immer in den gleichen Ferienhäusern wohnten, fühlte es sich jedes Mal an, wie nach Hause kommen.

Ja. Ja, ich wollte mit.

Wollte mal wieder etwas anderes sehen und fand vielleicht so die Ablenkung, die ich so dringend benötigte. Dass ich Jay -so nannten wir ihn mittlerweile- beim letzten Traum nur sehen, aber ihm nicht körperlich nah sein konnte, setzte mir wirklich zu. Mir fehlte seine Nähe und das Gefühl geliebt zu werden, dass nur er mir auf diese bestimmte Art und Weise vermitteln konnte. Jetzt konnte ich nur abwarten und hoffen, dass der nächste Traum anders verlaufen würde. Warum nicht in Venedig darauf warten?

»Na gut, ich komme mit. Aber nicht die vollen drei Wochen, das kann ich mir nicht erlauben.«

»Du glaubst nicht, wie sehr uns das freut! Kannst du dich noch an die Cunninghams erinnern, die dein Vater und ich letztes Jahr in Holland kennengelernt haben?«, ich überlegte kurz und erinnerte mich, dass meine Mutter von diesem Paar erzählt hatte, doch noch bevor ich antworten konnte, plauderte sie auch schon weiter.

»Sie haben sich ebenfalls ein Ferienhaus gebucht, direkt neben uns. Sie werden sicherlich begeistert sein dich endlich kennenzulernen! Wir haben schon so viel von dir erzählt!«, ihre Freude war kaum noch zu bändigen und wir telefonierten noch einige Minuten, bis ich mich mit einem lauten Gähnen von ihr verabschiedete. Der Tag war einfach zu anstrengend gewesen und ich konnte es kaum noch erwarten, in mein Bett zu fallen, doch das musste noch warten. Die Hausarbeit, die ich bis nächste Woche fertigstellen musste, schrieb sich immerhin nicht von alleine.

Ich setzte mich an meinen Schreibtisch und blätterte das Buch über die spanische Geschichte auf. Normalerweise las ich gerne darin und war interessiert an der Geschichte dieses tollen Landes, doch meine Konzentration galt nur meiner Müdigkeit. So konnte ich niemals etwas Produktives aufs Papier bringen und Kaffee wollte ich zu dieser späten Stunde auch nicht mehr trinken. Es half alles nichts, ich musste ins Bett. Morgen war immerhin auch noch ein Tag und vielleicht, ja, ganz vielleicht sollte Jay heute wieder in meinen Träumen auftauchen.

Ich stehe alleine in einem Treppenhaus.

Warum? Keine Ahnung, aber ich werde es wohl rausfinden! Ich gehe an das Geländer und schaue nach unten. Ich befinde mich auf der dritten Etage, zwei Etagen liegen noch über mir. Wo gehe ich als Erstes hin? Ich entscheide mich für den Weg nach oben und gehe los. Auf jeder Ebene gibt es zwei Türen, doch alle sind abgesperrt.

Ob ich klingeln soll?

Nein, ich gehe erst nach unten und schaue nach, ob mich dort etwas anderes erwartet. In der zweiten Etage angekommen, ist die linke Tür nur angelehnt, was ich sofort als Aufforderung ansehe und eintrete. Nun stehe ich in einem langen Flur, links und rechts sind Türen zu sehen.

Welche wird jetzt die Richtige sein?

Schleichend, um keinen Lärm zu verursachen, gehe ich los und ich weiß wirklich nicht, warum ich das tue. Vielleicht ein Instinkt? Ich gehe einmal durch den Flur und sehe mir die Türen an, doch keine von ihnen ist angelehnt, alle scheinen verschlossen zu sein. Ich drücke die erste Klinke runter und stelle fest, dass die Tür abgeschlossen ist. Die Nächsten zwei sind es ebenfalls, doch die vierte Tür ist offen. Ich öffne sie leise und sofort dröhnt Jays Herzschlag in meine Ohren, sein Geruch in meine Nase, die Gänsehaut auf meinen Körper. Er liegt in einem großen Bett und scheint tief und fest zu schlafen. Die Situation erinnert mich an einen der früheren Träume, doch diesmal ist es andersrum. Nun verstehe ich auch, warum er mich damals nicht wecken wollte. Es ist einfach viel zu schön, ihn beim Schlafen zu beobachten.

Ich schaue mich um und bin erstaunt, wie viele Schallplatten in ein Zimmer passen. Eine komplette Wand ist davon bedeckt und ich lasse es mir nicht nehmen, darin zu stöbern. The Rolling Stones,

Guns n´ Roses, The Beatles und sogar Pink Floyd. Sein Musikgeschmack ist ausgezeichnet, doch seine Ordnung lässt zu wünschen übrig. Es gibt kein System in diesem Regal, er scheint gerne stundenlang suchen zu müssen, bis er eine bestimmte Platte gefunden hat. Natürlich könnte er auch eines dieser Superhirne sein, die sich alles merken können, sodass er keine bestimmte Sortierung benötigt.

»Gefällt dir, was du siehst?«, erschrocken drehe ich mich um und sehe sofort etwas, was mir sehr gut gefällt. Er hat sich aufgesetzt und stützt sich nach hinten auf beiden Armen ab, und das alles auch noch oberkörperfrei, sodass ich fast Schnappatmung bekomme. Er ist so schön und so … perfekt.

»Und wie!«, wir stahlen uns an und es vergeht keine Sekunde, da hat er mich schon in sein Bett direkt neben ihn gezogen.

»Hey Babe. Schön, dass du mich auch mal besuchst!«, gespielt schockiert boxe ich ihm gegen die Brust.

»Was soll das denn heißen? Du kannst es genauso wenig beeinflussen wie ich … oder?«

»Glaub mir, wenn ich es könnte, wäre ich jede Nacht in deinem oder du in meinem Bett!«, glücklich über seine Aussage lege ich meine Hände um seinen Hals und ziehe ihn in einen leidenschaftlichen Kuss, den wir beide dringend nötig haben.

»Ich habe dich vermisst, Jay!«

»Sag das noch mal!«

»Ich habe dich vermisst, Jay!«, lachend wiederhole ich die Worte, denn er schließt genüsslich die Augen und streckt mir sein Ohr hin.

»Der Klang deiner Stimme gemischt mit meinem Namen. Das könnte ich mir den ganzen Tag anhören.«

Ich merke, wie die Röte in meine Wangen schießt, und schaue zurück zu dem Schallplattenregal. Oder zu der Schallplattenwand.

»Hast du sie alle gehört?«

»Ausnahmslos.«

»Beeindruckend!«, ich meine es so, wie ich es sage. Klar, ich höre auch gerne Musik, doch es scheint, als würde sich seine ganze Welt darum drehen.

»Irgendwann hören wir sie uns gemeinsam an.«

Ich weiß nicht, wie er es meint, doch glaube ihm sofort und nicke ihm zu. Noch immer eng umschlungen liegen wir da und schauen uns tief in die Augen, bis mir ein Satz auf den Lippen brennt, der ausgesprochen werden muss. Ihm scheint es nicht anders zu gehen und wir fangen im selben Moment an zu sprechen.

»Ich wünschte, du wärst real …«

Erschrocken keuchte ich auf und setzte mich aufrecht hin. Hatte er das gerade wirklich gesagt? Oder hatte ich mir das nur eingebildet? Durch Julias kitschige Vorstellungen hatte ich eh immer mehr daran geglaubt, dass er real ist, aber wenn er gerade denselben Wunsch geäußert hatte wie ich, hieß das dann …?

Oh mein Gott.

Er war real.

Ich musste ihn finden.

Ich stand auf, nahm mein Tablet und setzte mich zurück aufs Bett. Suchmaschine – dein Freund und Helfer.

Ich gab alles ein, was mir von ihm bekannt war.

Suchte nach einem Schlagzeuger namens Jay, nach seinem Tattoo, sogar nach der kleinen Kapelle suchte ich, doch ich fand nichts. Seufzend legte ich das Tablet wieder zur Seite und nahm mein Handy in die Hand.

Erst 04:36 Uhr.

So früh konnte ich Julia noch nicht anrufen, doch ich hatte ihr versprochen, mich nach einem Traum sofort zu melden. Also schrieb ich ihr eine Nachricht.

Ich glaube, du hast recht und er ist real.

Das sollte fürs Erste reichen, den Rest würde ich ihr am Telefon erzählen, das genau in diesem Moment anfing zu klingeln.

»*Hast du von ihm geträumt?*«

»Wieso bist du wach?«

»*Habe geschlafen, aber einen so nervigen Nachrichtenklingelton bei dir eingestellt, dass ich auf jeden Fall aufwache.*«

»Wieso das?«

»*Jay ist wichtiger als Schlaf. Jetzt erzähl schon!*«, wieder erzählte ich ihr jedes noch so kleine Detail und sie quetschte mich wahrlich aus.

»*Bereust du es, dass du aufgewacht bist?*«

»Natürlich! Das tue ich immer!«, sie gähnte laut auf und ich entschied, mich bei dem nächsten Traum erst später zu melden. Auch dieses Gespräch beendete ich schnell, denn ich hatte ihr alles erzählt und wollte sie nicht länger vom Schlafen abhalten. Es tat gut darüber zu sprechen, doch meine `Probleme´ sollten niemandem schaden. Ich legte mich wieder in mein Bett und ließ meine Gedanken schweifen. Aus der Vergangenheit wusste ich, dass ich heute Nacht nicht wieder von ihm träumen würde, aber ich konnte wenigstens meine Augen schließen und an ihn denken.

An diese Augen, die mich mit ihrem Blick gefangen hielten und mir so viel versprachen.

Irgendwann.

Ja, irgendwann …

Gegenwart

»Kind, schön, dass du endlich da bist! Wie war die Fahrt?«, mein Vater kam mit offenen Armen auf mich zu und begrüßte mich überschwänglich. Nach einer Woche Urlaub war seine Haut schon ziemlich gebräunt und man sah ihm an, dass er sich gut erholt hatte.

»Besser als gedacht, aber ziemlich lang. Wo ist Mama?«, ich hatte es noch nicht ganz ausgesprochen, da kam meine Mutter auch schon um die Ecke und schloss mich in ihre Arme. Auch sie sah unglaublich gut erholt und zufrieden aus. Es ging auch nicht anders, denn das hier war das Paradies. Die Häuser, das Wasser, die kleinen Boote, die Brücken ... meine Brücke. Nicht weit entfernt von unserem Ferienhaus gab es eine kleine Brücke, die ich schon als Kind geliebt hatte. Sie wird kaum genutzt und scheint nur gebaut worden zu sein, um hübsch auszusehen. Aber der Blick, den man von ihr hatte, war unbeschreiblich. Wenn man den perfekten Moment erwischte, konnte man den Sonnenuntergang, der sich orange auf dem Wasser zwischen den Häusern spiegelte, sehen. Ein unvergesslicher Anblick, den keine Kamera einfangen kann.

Mein Vater nahm meinen Koffer und wir gingen in das kleine Häuschen, direkt raus auf die Terrasse, wo zwei weitere Personen saßen.

»Sophie, das sind Brian und Nicole Cunningham. Brian, Nicole, das ist unsere wunderbare Tochter Sophie!«, die beiden standen auf und gaben mir die Hand. Nicole Cunningham war ungefähr einen halben Kopf größer als ich, hatte einen hellbraunen Bob und lächelte mir so freundlich entgegen, dass ich zurückstrahlen musste. Ich glaube, man musste diese Frau einfach gernhaben, doch schon eine Sekunde später galt meine komplette Aufmerksamkeit etwas anderem.

Brian Cunningham.

Er gab mir fest die Hand und schaute mir dabei intensiv in die Augen.

Diese Augen.

Die hatte ich doch schon mal …

»Freut mich, dich kennenzulernen! Deine Eltern haben schon viel von dir erzählt. Nur Gutes versteht sich!«, ich schüttelte den komischen Gedanken, der mich überkam, ab und setzte mich auf einen der freien Stühle. Mein Vater kam mit einer Tasse und einer frischen Kanne Kaffee raus und schenkte allen nach, während ich mir schon ein Stück Kuchen nahm. Wir plauderten über Gott und die Welt und die Cunninghams erzählten viel von ihren vier Söhnen. Alle hatten irische Namen, einer schöner als der andere.

Wie sie wohl aussahen?

Gegen Abend verabschiedete ich mich von der gemütlichen Runde, da ich noch auspacken und zu meiner Brücke wollte. Ich schnappte meine Tasche, verschob das Auspacken auf später, und ging los. Leider etwas zu spät, denn die Sonne hatte sich für heute schon verabschiedet. Trotzdem war der Anblick unvergleichlich schön und ich sog alles in mich auf.

Dieses pure Glück, die Zufriedenheit ... die Einsamkeit.

Warum konnte er nicht hier sein?

Nach einer guten halben Stunde, in der ich meinen Gedanken nachhing, ging ich zurück und packte meinen Koffer aus. Die Fahrt hatte mich scheinbar mehr angestrengt als gedacht, denn als ich mich auf mein Bett legte, konnte ich meine Augen nicht länger offenhalten.

Ich öffne die Augen und sehe auf eine weiße Wand, die mir so nah ist, dass ich sie mit ausgestreckter Hand berühren könnte. Ich drehe mich um und Angst überkommt mich. Der ganze Raum besteht nur aus vier weißen und sehr hohen Wänden. Kein Fenster, keine Tür, nur eine Glühbirne, die von der Decke hängt und gedimmtes Licht spendet. Was soll ich hier und wie komme ich hier wieder raus?

Ich taste jeden Zentimeter der Wand ab, den ich erreichen kann, doch es verändert sich nichts. Panik macht sich in mir breit und ich frage mich, wie ich hier reingekommen bin.

Es muss ein Traum sein.

»Hallo?«, meine Stimme hört sich durch die engen Wände seltsam an, doch ich konzentriere mich nur darauf, etwas zu hören.

»Hallo? Hört mich jemand?«, ich lege meine Hände an die Wand und presse mein Ohr dagegen, als ich endlich eine Stimme höre.

Seine Stimme höre.

»Babe?«, es hört sich an, als wäre er direkt neben mir, also wechsle ich zu der Wand, hinter der ich die Stimme vermute.

»Jay? Bist du da?«

»Ja, ich stehe in einem leeren Raum.«

»Ich auch. Hast du eine Tür?«

»Nein, hast du ein Fenster?«

»Nein.«

Ich seufzte und ließ mich mit dem Rücken an der Wand zu Boden sinken, legte mein Ohr wieder an die Wand, um ihn besser hören zu können.

So nah und doch so fern.

»Jay ... ich ...«, weiter komme ich nicht, denn die Angst, dass der Traum gleich wieder vorbei sein könnte, lähmt mich. Jedes Mal, wenn das Thema zur Sprache kam, wachte ich auf oder er verschwand plötzlich.

»Was ist los, Babe?«, ich spüre Tränen auf meiner Wange. Soll ich es wagen?

»Ich mache mir Sorgen. Sprich bitte mit mir!«

»Jay ... ich bin real.«

Sekunden vergehen, in denen ich still darum bettle, dass er noch bei mir ist, bis er endlich zu sprechen beginnt.

»Ich weiß. Ich weiß es schon lange.«

»Bist ... bist du real?«

»Ja, Babe, das bin ich. Und ich verspreche dir eins; ich werde dich finden und nie wieder gehen lassen!«, ein Lächeln breitet sich auf meine Lippen aus.

Mehr will ich gar nicht.

Nur ihn, für immer.

Plötzlich passiert etwas in meinem Rücken. Die Wand beginnt zu vibrieren und Staub wirbelt in dem kleinen Raum umher.

»Geh so weit von der Wand weg, wie du nur kannst, dreh ihr den Rücken zu und halt dein Gesicht bedeckt!«, ich höre, wie Jay mir die Anweisungen zuruft, und führe sie direkt aus. Ich halte mir beide Hände vor mein Gesicht, doch kann so meine Ohren nicht schützen und bin dem Krach ausgeliefert, den die fallenden Wände verursachen. Es fühlt sich an, als stände ich mitten in einem Erdbeben, doch innerhalb von Sekunden ist es vorbei und starke Arme umschließen meinen Körper. Ich nehme meine Hände von meinem Gesicht, öffne meine Augen und stehe genau an der Stelle, an der wir uns das erste Mal trafen. Glücklich lege ich meine Hände auf seine starken Arme, während er seine Lippen an meine Schläfe presst und ich seinen heißen Atem auf meiner Haut spüre.

»Wie hast du das gemacht?«, ich drehe mich in seinen Armen um und schaue ihn fragend an.

»Das war ich nicht. Es ist einfach so passiert. Ob das ein gutes Zeichen ist?«, sein Lächeln lässt jeden Schmetterling in meinem Bauch Lambada tanzen und ich lege meine Arme in seinen Nacken, ziehe ihn damit näher zu mir.

»Das ist ein sehr gutes Zeichen!«

Sofort spüre ich seine Lippen auf meinen und wir küssen uns, als gäbe es keinen Morgen.

Doch jetzt weiß ich, dass es diesen für uns geben wird.

Die Sonne kitzelte meine Nase und ich wachte mit einem Lächeln im Gesicht auf, denn dieser Tag konnte nur gut werden. Endlich hatte ich die Gewissheit, endlich wusste ich es; meinen Traummann gab es wirklich!

Ich streckte mich ausgiebig, stand auf, öffnete die Fenster und genoss die warme Brise auf meiner Haut. So gut hatte ich mich schon lange nicht mehr gefühlt, so ausgeschlafen und frei.

Jetzt mussten wir uns nur noch finden.

Ob ich mich auf die Suche nach ihm begeben sollte? Doch, wo sollte ich anfangen? *Ich werde dich finden und nie wieder gehen lassen*, seine Worte spielten sich immer und immer wieder in meinem Kopf ab und ich glaubte ihm jedes davon. Er wird mich finden, da bin ich mir sicher.

***

Bis zum Nachmittag machte ich nichts weiter, als in der Sonne zu liegen, Musik zu hören und mit meiner Mutter zu quatschen. Natürlich war meinen Eltern aufgefallen wie gut und anders ich heute Morgen aussah, doch ich konnte es mit Leichtigkeit auf den Urlaub und die jetzt schon gewonnene Erholung schieben. Jedenfalls machte ich sie mit der Aussage glücklich und musste keine unbequemen Fragen beantworten.

»Sophie? Nicole ist schon da. Sollen wir los?«, da die Männer heute in ein Autohaus wollten, entschieden wir Frauen uns dazu unser Geld in Schuhe zu investieren und wollten shoppen gehen.

»Ich komme sofort!«

Ich holte meine Tasche und ging in den Flur, wo meine Mutter und Nicole schon warteten. Letztere begrüßte mich überschwänglich und umarmte mich fest, als würden wir uns schon jahrelang kennen. Wenn es mir bei anderen auch unangenehm gewesen wäre, bei ihr fand ich es vollkommen in Ordnung und genoss die Vertrautheit.

Die Einkaufsmeile war zu Fuß in wenigen Minuten zu erreichen und wir stöberten von Laden zu Laden, kauften hier und da Souvenirs, Schuhe und selbstverständlich auch Eis. Nirgends schmeckte mir das Eis so gut wie hier.

Melone und Vanille.

Mehrere Stunden dauerte unser Kaufrausch an und wir kamen platt, mit vielen Einkaufstaschen, zurück. Brian und mein Vater warteten schon auf uns und wir beschlossen, alle gemeinsam etwas essen zu gehen. Vorher wollte ich mich aber noch frisch machen und umziehen, denn die Temperaturen hinterließen Spuren. Ich öffnete meinen Schrank und mir fiel sofort das weiße Kleid ins Auge, das meine Mutter mir vor einigen Monaten gekauft hatte. War nun der perfekte Zeitpunkt um es zu tragen?

Nein.

Irgendetwas hinderte mich daran.

Also nahm ich mir eines der neuen Kleider aus der Einkaufstüte, ein knielanges, hellblaues Kleid, mit Stickereien auf dem Dekolleté. Es saß locker und luftig und war so perfekt für die Hitze, die auch am Abend noch herrschte. Dazu meine weißen Ballerinas, die Haare zu einem Pferdeschwanz zusammengebunden, schon konnte es losgehen.

»Eins muss ich euch lassen; ihr habt wirklich die schönste Tochter der Welt!«, ich kam die Treppe runter und sofort trieb mir Brians Kompliment die Röte in die Wangen.

»Da gebe ich dir absolut recht. Vielleicht können wir sie mit einem unserer Söhne verkuppeln?«, fast wäre ich noch auf der letzten Stufe gestolpert, denn Nicole meinte das ernst. Und meine Eltern? Die waren natürlich begeistert und stimmten dem zu. Sie betonten sogar noch, dass ich schon viel zu lange Single war und sie sich jemand an meiner Seite wünschten.

Wenn ihr wüsstet ...

Nachdem ich die peinliche Situation mit der Aussage, dass ich langsam Hunger hätte, auflösen konnte, gingen wir gemeinsam los. Wir schlenderten die Promenade entlang und brauchten nicht lange, bis wir unseren Stammplatz in der Pizzeria einnehmen konnten. Wir bestellten Getränke und stießen gemeinsam an, als Nicole aufstand.

»Ich mache kurz ein Foto für unsere Söhne. Die freuen sich immer darüber, wenn sie Bilder aus dem Urlaub bekommen!«, sie stellte sich seitlich an den Tisch, ich erhob mein Glas und stieß mit meinem Vater an, der mir gegenübersaß. Meine Mutter und Brian taten es uns gleich, sodass ein schönes Bild von einem gemütlichen Abend entstand.

»Sehr schön! Ich dachte, ihr schaut vielleicht in die Kamera, aber so ist es auch gut.«

Ihr gespielt ärgerlicher Ton brachte uns alle zum Lachen. Sie setzte sich wieder zu uns und schickte das Bild ab. Ob sie auch Bilder ihrer Söhne auf dem Handy hatte? Interessiert, wie sie aussahen, war ich schon. Bei so hübschen Eltern, den irischen Wurzeln und diesen Augen …

Ich wurde aus den Gedanken gerissen, denn Nicoles Handy klingelte in einer so hohen Lautstärke, dass selbst die Leute aus dem Nachbarrestaurant grimmig zu uns schauten.

»Entschuldigt mich kurz.«

Sie stand auf und ging weg, während wir die Karten gereicht bekamen. Es dauerte nicht lange, da saß sie wieder mit verwirrter Miene an unserem Tisch.

»Alles in Ordnung? Wer war das?«, Brian bemerkte scheinbar sofort, dass irgendetwas nicht stimmte, und legte ihr in vertrauter Geste eine Hand auf den Oberschenkel.

»Elijah. Er hat mir seltsame Fragen gestellt. Ich rufe ihn morgen noch mal an, vielleicht hat er mit den Jungs ein bisschen getrunken!«, sie lächelten sich liebevoll an und ich musste mich zurückhalten, um nicht vor Neid laut zu seufzen. Ich vertiefte mich wieder in die Speisekarte, so wie es die anderen auch taten, und erinnerte mich an den Namen, den sie gerade genannt hatte.

Elijah.

Ein schöner Name.

Doch warum der Name mir ein solch breites Lächeln aufs Gesicht zauberte, wusste ich nicht.

Elijah

Gelangweilt saß ich auf meinem Sofa und zappte uninteressiert durch die Programme auf meinem Fernseher. Eigentlich hätte ich schon seit einer halben Stunde mit meinen Jungs an der Bar sitzen sollen, doch mir war heute nicht nach Feiern zumute. Auch die Überredungsversuche, dass wir auf den letzten Traum anstoßen sollten, zogen nicht. Ich wollte lieber alleine sein.

Alleine mit meinen Gedanken an *sie*.

Die Frau meiner Träume, die real war und mich genauso dringend finden wollte, wie ich sie.

Dass ich mir das alles einbildete, glaubte ich schon lange nicht mehr, sodass ich schon früh begann, nach ihr zu suchen. Doch wie soll man jemanden finden, dessen Namen man nicht kennt?

Ich hatte alles versucht, doch war bisher erfolglos.

Zuerst hatte ich nach ihrem absoluten Wiedererkennungsmerkmal gesucht, nach ihren Augen, die mich keine Sekunde mehr klar denken ließen, seit ich sie das erste Mal sah. *Iris-Heterochromie*, ein Phänomen, dass es nicht allzu oft gibt. Jedes Forum hatte ich durchsucht, mir Tausende von Bildern angesehen, doch sie tauchte dabei nie auf. Und ich hätte sie bemerkt, denn ich würde ihre Augen aus Millionen anderer erkennen.

Irgendwann gab ich die Suche auf und vertraute meiner Großmutter, die mir sagte, dass sich manchmal zwei Seelen begegneten und sich stillschweigend für später verabredeten, um ihren Menschen die Zeit zu lassen, die sie brauchten. Wo sie den Spruch herhatte, wusste ich nicht, aber ich wusste, dass ich keine Zeit mehr brauchte.

Ich brauchte nur *sie*.

Bei mir.

In meinen Armen und mit ihren Lippen auf meinen.

Unweigerlich musste ich an unseren ersten Kuss denken und kam ins Schwärmen, von dem ich aber, dank einer Nachricht in unserer Familiengruppe, unterbrochen wurde. Ich nahm mein Handy in die Hand und sah, dass meine Mutter ein Bild aus dem Urlaub geschickt hatte.

Mal wieder.

Ununterbrochen klingelte mein Handy, da meine Eltern mir und meinen drei chaotischen Brüdern ständig mitteilen mussten, was sie gerade machten.

Oder wie das Wetter war.

Oder wie schön die neue Tasche meiner Mutter aussah.

Dinge, die einen Mal mehr und meist weniger interessieren. Doch wir beschwerten uns nicht, denn sie hatten sich jeglichen Urlaub verdient. Wer vier Söhne wie uns großgezogen hat, hätte eigentlich eine Medaille verdient.

Oder den Friedensnobelpreis.

Jedenfalls irgendeine Auszeichnung, denn wir waren bei Gott nicht die ruhigsten, liebsten oder einfachsten Kinder gewesen.

Ich öffnete die Nachricht und sah das Bild, welches sie geschickt hatte. Mehrere Personen an einem großen Tisch in einem Restaurant. Ich kannte darauf nur meinen Vater, die anderen waren mir unbekannt, bis auf …

… nein, das war nicht möglich.

Mein Herzschlag setzte kurz aus, um danach viel schneller als zuvor wieder einzusetzen. Ich zoomte mit zwei Fingern näher auf die Person, die meinen Herzschlag unnatürlich beschleunigte, und war mir sicher.

Das war sie.

Sie.

Mein wunderschönes Babe.

Ich konnte sie nur im Profil sehen und auch, wenn meine Augen es nicht zu hundert Prozent sagen konnten, mein Herz hatte sie erkannt. Die Gänsehaut verteilte sich auf meinem Körper und in meinem Bauch kribbelte es verdächtig. Diese Gefühle konnte nur eine Person auslösen.

Mit zitternden Händen wählte ich die Nummer meiner Mutter, und während der Anruf aufgebaut wurde, erinnerte ich mich an jeden *unserer* Träume …

Der erste Traum

Mit meinen Händen an ihren Hüften zog ich sie auf meinen Schoß. Ich bohrte meine Finger in ihr Fleisch und drückte sie auf meine Mitte, um mir und ihr etwas Linderung zu verschaffen. Der spitze Schrei, der ihrem Mund entwich, war unnatürlich und übertrieben.

Wie sehr ich es hasste.

Am liebsten hätte ich ihren Mund zugehalten oder ihr einfach gesagt, dass sie lieber gar keine Geräusche machen sollte. Für mich gab es nichts Unerotischeres als Unnatürlichkeit. Doch ich hielt meinen Mund und ließ sie weiter ihre Hüften auf mir kreisen.

Noch vor fünf Minuten kannte ich die Person auf meinem Schoß nicht und ich hatte auch nicht vor, sie nach der schnellen Nummer näher kennenzulernen. So lief es immer ab.

Nach einem Gig unserer Band *Everything Changes* warteten die willigen Groupies schon darauf, von uns abgeschleppt zu werden. Dabei waren wir nicht allzu bekannt, sahen dafür aber verdammt gut aus. Der große Durchbruch sollte irgendwann noch kommen, doch bis dahin mussten die Bars und Kneipen unserer Stadt reichen.

Die Jungs und ich gründeten die Band vor vier Jahren. Wir waren erst sechszehn Jahre alt und probten fast täglich in der Garage meiner Eltern, denn die konnten, dank vier Söhnen, am besten mit viel Krach umgehen.

Obwohl ich das, was wir spielten, niemals als Krach bezeichnen würde. Wir coverten Songs, meist Rocksongs, und hatten schon nach kürzester Zeit eine Fangemeinschaft und Auftritte auf Schul- und Stadtfesten. Ein Traum ging für uns in Erfüllung, den wir ganz locker neben unseren Ausbildungen ausüben konnten. Auch jetzt noch lässt sich alles perfekt mit unserem Arbeitsleben verbinden, auch wenn wir die Hoffnung nicht aufgeben, die Musik zu unserer Hauptbeschäftigung zu machen.

»Küss mich, Jay!«, die unspektakuläre Frau, die sich noch immer auf meinen Beinen hin und her bewegte, kam meinem Mund mit ihren Lipgloss getränkten Lippen immer näher, sodass ich sie mit meiner Hand an ihrer Stirn stoppte.

»Ich küsse nicht!«, ihrem Schmollmund nach zu urteilen, gefiel ihr nicht, was ich sagte, doch ich hielt mich immer daran. Genauso wie an Verhütung, denn ich wollte mir bloß nichts einfangen.

»Mach doch bitte eine Ausnahme. Glaub mir, du wirst danach nie wieder eine Andere küssen wollen!«, lasziv lächelnd versuchte sie mich zu überreden, doch machte damit alles nur noch schlimmer.

»Okay, du kannst gehen!«, ich schob sie von mir runter und beachtete ihre Proteste nicht. Für mich hatte sich die Sache nun vollends erledigt. Ich stand auf und schob sie aus der Tür, hörte mir nicht mehr an, was sie zu sagen hatte, und knallte ihr die Tür vor der Nase zu. Als könnte sie mir den Kuss schenken, nach dem ich mich schon immer sehnte.

Schon bei meinem ersten Kuss, den ich mit vierzehn Jahren von meinem damaligen Schwarm bekam, fühlte ich nichts.

Nada.

Niente.

Null.

Einfach ... nichts.

Obwohl ich so für sie schwärmte.

Auch die Frauen, die danach in den Genuss meiner vollen Lippen kamen, konnten mir nicht das Gefühl vermitteln, das ich mir immer vorgestellt hatte. Das Feuerwerk, das ein Kuss auslösen sollte. Vielleicht lag es aber auch daran, dass ich noch nie wirklich verliebt war. Noch nie die wahre Liebe zwischen zwei Personen fühlen durfte.

Seufzend setzte ich mich wieder auf das kleine Sofa, auf dem ich mir heute mehr erhofft hatte, als es an der Tür klopfte.

»Jay? Kann ich reinkommen?«, es war Bastian, der Gitarrist unserer Band und gleichzeitig mein bester Freund seit Kindertagen. Er wartete meine Antwort gar nicht erst ab und kam einfach rein.

»Ich hab die Kleine hier rausstürmen sehen. So schnell bist du doch sonst nicht fertig!«, lachend ließ er sich neben mich fallen und boxte mir an die Schulter.

»War einfach nicht mein Typ.«

»Als würdest du darauf Rücksicht nehmen! Also, sag schon, was ist passiert?«, ich hatte wirklich keine Lust auf die Unterhaltung und ging stattdessen an den kleinen Kühlschrank, in dem Bier für uns bereitgestellt wurde, und holte zwei kalte Flaschen raus. Eine gab ich Bastian, während ich mich mit einem lauten Seufzer aufs Sofa fallen ließ.

»Sie hat diese ätzenden Laute von sich gegeben und konnte einfach die Klappe nicht halten, da musste sie gehen. Und warum lief bei dir nichts?«, mit einem lauten Zischen öffneten wir gleichzeitig unsere Flaschen und stießen miteinander an.

»Die Kleine, ich glaube, sie hieß sogar Maria, hat sich plötzlich als Heilige rausgestellt und wollte es nicht auf der Toilette treiben. Somit gehen wir heute wohl beide leer aus, obwohl du die besseren Karten hattest!«, er spielte darauf an, dass ich unser Spiel, welches wir nach jedem Gig spielten, gewonnen hatte. Wir losten aus, wer wo seine Kleine vernaschen durfte. Dabei spielten nur Bastian, Tim und ich mit, denn Jörn hatte schon seit Ewigkeiten eine Freundin und war treuer als treu.

Ausgelost wurde zwischen Auto, Toilette und Kabine, wobei die Kabine natürlich immer der Hauptgewinn war.

»So soll es dann wohl sein!«, wir stießen ein weiteres Mal an und tranken noch zwei weitere Flaschen, bis Tim uns endlich abholte und wir nach Hause fuhren. Da wir drei in einer WG wohnten, fuhren wir immer zusammen zu den Auftritten, während Jörn, der mit seiner Freundin zusammenlebte, unser Equipment mit seinem Bus durch die Gegend fuhr. Wir waren ein eingespieltes Team, mit Jörn am Keyboard, Bastian an der Gitarre, mir am Schlagzeug und Tim vor dem Mikro konnten wir die Massen zum Ausflippen bringen.

Nachdem ich mich bei Tim und Bastian für die Nacht verabschiedet hatte, weil mich plötzlich eine tiefsitzende Müdigkeit überkam, legte ich mich ins Bett und konnte meine Augen keine zwei Minuten offenhalten.

Ich öffne meine Augen und kneife sie sofort wieder etwas zusammen, denn ich schaue direkt in die mich blendende Sonne. Sie geht gerade unter und der ganze Himmel leuchtet in den hellsten Farben. Ich drehe mich um, denn ich spüre etwas, das so noch nie da gewesen ist. Eine Anziehungskraft, die von etwas mir Unbekanntem ausgeht. Von einer Frau, die mit ausgebreiteten Armen mitten auf der Wiese steht und aussieht, als wollte sie mit dem Wind zusammen abheben.

Meine Beine bewegen sich auf sie zu, obwohl ich es ihnen nicht befohlen habe. Sie machen sich selbstständig auf den Weg und wissen scheinbar besser als ich, dass es das einzig Richtige ist.

Ihre Aura zieht mich magisch an.

Ich komme ihr immer näher und spüre ihre Blicke auf mir. Als ich wenige Meter von ihr entfernt stehen bleibe, fühlt es sich an, als würde sie mir kurz den Atem rauben, doch gleichzeitig fühlt es sich an, als könnte ich zum ersten Mal in meinem Leben durchatmen. Ein verwirrendes, aber auch schönes Gefühl. Von Kopf bis Fuß sehe ich sie mir genau an, so wie sie es auch bei mir macht, und muss feststellen, dass mir eine so schöne Frau noch nie begegnet ist.

Ihr Körper ist perfekt. Sie ist schlank, doch hat weibliche Rundungen. Ihre braunen Haare glänzen in der Sonne und ich kann dem Drang, sie anzufassen, kaum widerstehen. Seidige Haut, eine süße Nase und volle Lippen, die ich am liebsten Küssen würde, runden diese Traumfrau ab.

Ich kann nicht anders und strecke meine Hand nach ihr aus, denn ich muss sie berühren. Auch ein Lächeln kann ich mir nicht verkneifen, denn so glücklich, wie in diesem Moment, habe ich mich mein Leben lang noch nicht gefühlt.

Wir gehen langsam aufeinander zu und ich merke bei jedem Schritt, dass sich die Gänsehaut mehr und mehr auf meinem Körper verteilt. Vorsichtig berühren sich unsere Hände, doch es fühlt sich an, als hätte ich einen Stromschlag bekommen. Nicht nur die berührten Stellen, sondern mein ganzer Körper kribbeln. Ich schaue von unseren verbundenen Händen auf und treffe genau ihre Augen, als sie plötzlich hörbar die Luft anhält. Sofort muss ich lächeln, denn mir geht es nicht anders.

So etwas habe ich in meinem Leben noch nicht gesehen.

Ihre Augen.

Das eine grün, das andere blau.

Fasziniert schaue ich von Auge zu Auge, versuche mir alles genauestens einzuprägen, denn ich will an nichts anderes mehr denken. Ich will nichts anderes mehr sehen, als diese wunderschöne Frau.

Wann wollte ich zuletzt eine Frau küssen?

Ich weiß es nicht mehr und es ist auch egal, denn mein Körper verselbstständigt sich gerade. Ich gehe näher auf sie zu und lege meine Hand an ihre Hüfte. Ihre Hand lege ich an meine Brust, direkt auf mein Herz, dass ab diesem Moment nur noch ihr zu gehören scheint. Ich berühre ihre Wange und spüre das Feuer an meinen Händen, dass ihre seidige Haut bei mir auslöst.

Ich muss sie küssen.

Ob ich fragen soll?

Ich öffne meinen Mund, doch schließe ihn wieder, denn ihre Lippen rauben mir jede Sprache. Ich spüre einfach, dass es das Richtige ist, und schließe meine Augen, während ich sie näher zu mir ziehe. Alles an ihr zieht mich magisch an, als wären wir zwei Magnete, die nur darauf warten, zueinanderzufinden. Sanft treffen unsere Lippen aufeinander und sofort spüre ich es: das Feuerwerk.

Meine Gefühle fahren Achterbahn und ich habe scheinbar mehrere Fahrten gebucht, denn als ich ihre Lippen mit meiner Zunge berühre und sie mir sofort Einlass gewährt, überschlagen sich meine Gefühle erneut. Wir küssen uns so leidenschaftlich und liebevoll, als hätten wir es schon tausende Male gemacht. Wir mussten uns nicht langsam aneinander gewöhnen oder rausfinden, was dem anderen gefällt, denn wir scheinen es insgeheim schon zu wissen.

Der perfekte Kuss, die perfekte … Liebe.

Als ich meine Augen wieder öffne und direkt in ihre schaue, streiche ich ihr mit dem Daumen eine Träne von der Wange, die sie scheinbar gar nicht bemerkt hat. Ihr Blick ruht auf mir und ich weiß, dass sie sich in diesem Moment so fühlt wie ich.

Geliebt.

Unsanft wurde ich von etwas Schwerem auf mir geweckt und stellte schnell fest, dass sowohl Bastian als auch Tim sich auf mich geschmissen hatten.

»Was zum …? Was soll das?«, ich schmiss sie von mir runter und strich mir mit beiden Händen über mein Gesicht. Gerade war doch alles noch so schön, selbst das Kribbeln, das sie bei mir ausgelöst hatte, konnte ich noch spüren. Und ihre Lippen auf meinen, die sich so …

»Weißt du eigentlich, wie lange du gepennt hast, Mister Ich-stehe-immer-früh-auf-weil-ich-nie-gut-schlafen-kann?«, Tim äffte mich theatralisch nach, was Bastian dazu brachte, laut loszuprusten und mich dazu, auf die Uhr zu schauen.

Es war bereits nach Mittag!

Ich musste also mehr als zehn Stunden geschlafen haben, wo ich sonst nur fünf bis sechs schaffte.

»Du siehst auch irgendwie anders aus … irgendwie … besser … erholter. Hast du was eingeworfen? Schlaftabletten? Drogen?«

»Nein, nichts davon. Obwohl …«, ich dachte kurz darüber nach, ob ich meinen Jungs von dem Traum erzählen sollte, und entschied mich dafür. Wir hatten keine Geheimnisse voreinander, egal, wie peinlich machen Sachen auch waren. Wir wussten alles voneinander.

»Ich hatte einen Traum.«

»Uhhh, hörst du Tim, er hatte einen Traum!«, Bastian rammte ihm seinen Ellenbogen in die Seite und klimperte dabei mit den Augen wie ein vierzehnjähriges Schulmädchen.

»Halt die Klappe und hör mir zu! Ich träume sonst so gut wie nie und kann mich auch selten daran erinnern, aber das … das war anders.«

»Jetzt rück schon mit der Sprache raus!«, drängte mich Tim, der genauso wie Bastian nun aufgeregt und interessiert zu mir aufsah.

»Da war diese Frau … und was für eine Frau sie war. Ich habe so etwas Schönes und Perfektes in meinem Leben noch nicht gesehen. Und wir haben uns geküsst.«

»Und?«, unisono verließ das Wort beide Münder.

»Es hat gekribbelt, Mann. Das war DER Kuss, wisst ihr? Ich kann ihn jetzt noch fühlen …«, mit meinen Fingern berührte ich meine Lippen und musste daraufhin sofort lächeln. Mein ganzer Körper reagierte noch auf ihre Berührungen und selbst ihr blumiger Duft hing noch in meiner Nase.

»Okay, jetzt dreht er völlig am Rad!«, die Jungs standen auf und gingen kichernd -ja, wirklich! KICHERND- zur Tür.

»Wir haben übrigens Pizza bestellt, müsste in wenigen Minuten da sein, Dreamboy!«, auch ich musste nun schmunzeln und ließ mich für die wenigen Minuten, die mir noch blieben, wieder in die Kissen sinken und schloss meine Augen.

Ihr Bild tauchte sofort auf und ich fühlte es wieder.

Liebe.

Der zweite Traum

Drei Wochen!

Drei *verdammte* Wochen hatte ich nicht mehr von meiner Traumfrau geträumt und konnte meine schlechte Laune darüber kaum verbergen. Auf der Arbeit wollte ich nur in Ruhe gelassen werden, bei der Bandprobe ließ ich das Schlagzeug meine Wut spüren und zuhause verzog ich mich meistens direkt in mein Zimmer, ließ mich nur zum Essen blicken. Den Jungs ging das natürlich ziemlich gegen den Strich, aber ich konnte nichts daran ändern!

Es ist ja nicht so, als hätte ich es nicht versucht.

An einem Abend legte ich mich viel zu früh ins Bett, an einem anderen viel zu spät. Ich schaute im Internet nach und machte an mehreren Abenden empfohlene Entspannungsübungen, die zum Glück niemand gesehen hatte. Wenn die Jungs das mitbekommen hätten … ich hätte mich vor Scham nie wieder zuhause sehen lassen können, geschweige denn auf der Bühne.

Sogar meine Mutter hatte ich gefragt.

Meine Mutter!

Von ihr durfte ich mir geschlagene dreiundfünfzig Minuten lang anhören, was man bei Einschlafschwierigkeiten alles machen könnte und das ich ja schon immer Schlafprobleme hatte. Ich fuhr also am nächsten Tag in die Apotheke und holte mir alles, was sie mir empfohlen hatte.

Tabletten, Tropfen, Tees und Räucherstäbchen.

Alles pflanzlich und leicht bekömmlich, wie sie es noch extra oft betonte.

So saß ich also abends in meinem Zimmer, mit einer heißen Tasse ekelhaftem Kräutertee und einem Cocktail aus Tabletten und Tropfen, während der ganze Raum stinkend eingequalmt wurde.

Und wofür? Nichts davon hatte geholfen.

Die Frau meiner Träume war scheinbar nur eine einmalige Fantasie, die mich daran erinnern sollte, was ich im realen Leben nie bekommen würde. Wenn ich doch wenigstens durch den ganzen Aufwand besser hätte schlafen können, doch auch in der Hinsicht gab es keine Besserung. Es blieb dabei, dass meine fünf bis sechs Stunden in der Nacht reichen mussten.

Noch nie hatte ich so gut geschlafen wie vor drei Wochen.

Wie wäre es dann erst, wenn diese perfekte Frau neben mir liegen würde?

Mit diesem Gedanken legte ich mich auf die Seite und zog mir meine Decke über den Kopf. Heute war einer dieser Abende, an denen ich mich viel zu früh ins Bett legte. Normalerweise wälzte ich mich dann noch stundenlang hin und her, doch heute war ich müde.

Sehr müde.

Ungewöhnlich müde …

Ich hatte noch nie ein Problem mit Menschenmassen, doch die Situation, in der ich mich befinde, stresst mich. Ich stehe mitten in einer Einkaufsstraße und bin von vielen Menschen umgeben, denen die Hektik anzumerken ist.

Was soll ich hier?

Plötzlich spüre ich sie. Diese Anziehungskraft, die ich bisher nur bei einer Person gespürt habe. Ich laufe los und plötzlich steht alles still. Seit ich mich bewegt habe, sind alle Menschen um mich herum erstarrt. Wie gefroren.

Ich schlängle mich zwischen ihnen hindurch und sehe sie. Ängstlich und alleine steht sie da und mein Herz setzt einen Schlag aus. Meine Sorge, dass es ihr schlecht gehen könnte, übermannt mich und ich will nur noch bei ihr sein.

Sie in den Arm nehmen und trösten.

Nur noch wenige Meter trennen uns und ich beschleunige vollautomatisch, strecke meine Hand nach ihr aus und ziehe sie an meine Brust. Ich drücke meine Lippen auf ihre Stirn und fühle mich das erste Mal nach Wochen wieder komplett. Ihr Herzschlag beruhigt sich langsam und auch ich lasse mich in dem Gefühl fallen. Sie legt ihre Arme um mich und ein Schauer fährt durch meinen Körper.

Ob sie weiß, wie viel sie mir bedeutet?

Ich löse mich langsam von ihr, denn ich muss in ihre Augen schauen, die sie nun weit aufgerissen hat.

»Geh nicht! Bitte! Lass mich nicht alleine!«, ihre Stimme bricht und ich kann die letzten Worte kaum verstehen, doch ich lächle sie an und ergreife ihre Hand.

»Ich würde dich nie alleine lassen!«, jedes Wort, das meinen Mund verlässt, meine ich so.

Sie ist die Eine.

Die Eine, die man niemals gehen lassen kann.

»Lass uns gehen!«, ich nehme ihre Hand, drehe mich um, sodass sie mir folgen muss.

»Ich kann nicht. Ich kann mich nicht bewegen.«

Ich schaue zurück und erkenne ihren Blick, verletzt und traurig, denn sie weiß scheinbar nicht, dass wir zusammen alles schaffen können.

»Vertrau mir!«, und scheinbar tut sie genau das, was mich nicht glücklicher machen könnte. Denn sofort setzt sie sich in Bewegung und folgt mir. Ich weiß nicht, wohin wir gehen, aber irgendetwas zieht mich in genau diese Richtung. Hand in Hand gehen wir eine Ewigkeit, bis wir plötzlich an einem anderen Ort sind.

Auf unserer Wiese.

Hier ist es perfekt, hier fühlen wir uns wohl.

Als ich mich zu ihr umdrehe, bestätigt sich genau das. Sie lächelt mich an und ich schaue sie genau an, will mir jedes noch so kleine Detail ihres wunderschönen Gesichtes einprägen, bis sie plötzlich ihre Arme um meinen Hals legt und mich küsst. Nicht stürmisch, nicht wild, sondern zart und liebevoll. Mein ganzer Körper steht in Flammen und sie ist der zündende Funke.

Meine Hände graben sich in ihre Haare, meine Lippen werden eins mit ihren.

Der perfekte Moment, unser perfekter Moment, der nie enden sollte …

»Nein. Nein, nein, nein, nein!«, ich schmiss den Wecker, der mich aus dem erholsamsten Schlaf überhaupt riss, vom Nachtisch und vergrub mein Gesicht in beide Hände.

»Verdammtes Drecksteil.«

Das durfte doch nicht wahr sein. Gerade noch lagen meine Lippen auf den weichsten und schönsten Lippen dieser Erde, und jetzt? Jetzt lag ich alleine in meinem Bett. Mit ihrem Geschmack auf meiner Zunge, ihrem Duft in meiner Nase, und einer Gänsehaut, die mir durch Mark und Bein ging. Ich schloss noch ein letztes Mal die Augen, in der Hoffnung, sie wieder zu mir holen zu können, doch sie war weg.

Fuck.

Dann konnte ich auch genauso gut aufstehen und mich für die Arbeit bereit machen. Also ab ins Bad, vor den Spiegel gestellt und … Woah!

Ich sah irgendwie … anders aus. Nicht, dass ich sonst hässlich war, aber heute Morgen strahlten meine Augen, meine Augenringe waren wie weggewischt und meine Lippen von der ganzen Knutscherei geschwollen.

Diese Frau in meinen Träumen tat mir einfach unbeschreiblich gut.

***

»Elijah!«, ich war noch keine zwei Stunden auf der Arbeit, schon war ich gereizt bis aufs Äußerste. Ich meine; kann man nicht einfach in Ruhe in seine Arbeit vertieft sein und dabei an die große Liebe denken? An grüne und blaue Augen? An lange, seidenweiche, braune Haare und …

»Elijah?«, genervt drehte ich mich zu Sabrina um, die mal wieder mit hochrotem Kopf vor mir stand, in der Hand hielt sie einen Brief.

»Was?«

»Ich habe hier deine Abrechnung. Irgendwie wurde sie nicht rausgeschickt, also habe ich gedacht ... ich ähm ... ich bringe sie dir persönlich!«, ihr Gesicht glühte, als sie mir den Brief übergab. Es war schon der dritte Monat, in dem meine Abrechnung nicht den Postweg fand und sie glaubte noch immer, dass ich ihr die Geschichte abkaufte. Natürlich wusste ich es besser.

Sie stand auf mich.

Und zwar so sehr, dass ich sie auf jedem unserer Konzerte sah. Immer in der ersten Reihe, immer mit ihren Blicken auf mir. Aber ich wäre verrückt, wenn ich mich auf eine Liaison mit einer Arbeitskollegin einlassen würde, denn ich war einfach nicht für Beziehungen geschaffen. Glaubte ich zumindest, denn ich hatte noch nie eine.

»Danke.«

»Kein Problem. Das mache ich doch gerne, Elijah.«

Elijah.

Eigentlich nannten mich nur meine Eltern und meine Großeltern so, da ich lieber mit meinem Zweitnamen angesprochen wurde, doch scheinbar hielt sie es für etwas Besonderes, mich so zu nennen. Zugegeben, alleine mein Name war ein Frauenmagnet.

Elijah Jay Cunningham.

Dank meinem Vater, der seine irischen Wurzeln in unserer Familie verstreute, hatten wir nicht nur geniale Namen, sondern sahen auch alle ziemlich gut aus. Wobei meine Brüder lange nicht so unwiderstehlich aussahen wie ich.

Meiner Meinung nach.

Ob *ihr* mein Name auch gefallen würde?

Ich merkte, wie sich bei dem Gedanken an meine Schöne ein Lächeln auf meine Lippen legte, was genau in diesem Moment falsch gedeutet wurde, denn Sabrina stand noch immer vor mir. Sofort wurde mein Gesicht wieder ernst, doch es war zu spät. Mit breitem Lächeln seufzte sie auf und hätte nicht glücklicher aussehen können. Um weitere Fehltritte zu vermeiden, drehte ich mich um und widmete mich wieder meiner Arbeit, in der Hoffnung, sie würde von alleine verschwinden. Scheinbar hatte diese Methode Erfolg, denn ich hörte sie in schnellen Schritten weggehen und die Tür zum Büro fiel zu.

Glück gehabt, Cunningham.

Endlich konnte ich meine Gedanken wieder *ihr* widmen.

Der dritte Traum

»Jay! Konzentrier dich!«, schon zum dritten Mal ermahnte mich Tim und mein Kopf fing an zu dröhnen. Wir probten nun schon zwei Stunden. Zwei Stunden, in denen ich keinen klaren Gedanken fassen konnte. Eigentlich konnte ich das in den letzten zwei Monaten so gut wie gar nicht, doch heute war es wirklich wichtig. Ich musste mich zusammenreißen.

»Du spielst entweder viel zu langsam oder viel zu schnell. Denkst du vielleicht einfach mal daran, dass du nicht alleine auf der Bühne stehen wirst?«, brüllte er mir entgegen. Morgen war einer unserer wichtigsten Auftritte, ein Bandcontest, bei dem wir die Chance hatten, entdeckt zu werden. Verständlich, dass alle angespannt waren.

»Lasst uns eine Pause machen ...«, er fuhr sich mit beiden Händen durch die Haare und verließ den Proberaum. Ich stand auf und ging zum Kühlschrank, um mir eine Flasche Wasser zu holen. Bier wäre mir lieber gewesen, doch während der Proben war Alkohol strengstens verboten. Jörn ließ uns wissen, dass er mit Tim sprechen wollte, und zurück blieben Bastian und ich. Es herrschte einige Minuten Ruhe, bis er das Wort an mich richtete.

»Es liegt an diesem Mädchen, oder?«, ich seufzte tief, während er sich neben mich setzte.

»Bro, du musst dir das echt aus dem Kopf schlagen. Es sind Träume … nicht mehr und nicht weniger.«

Wütend sah ich ihn an, denn wenn jemand wissen müsste, dass es mehr für mich war, dann er.

»Willst du mich eigentlich verarschen?«, ich sprang auf und funkelte ihn böse an.

»Immer mit der Ruhe, ich wollte dich nicht angreifen. Du solltest vielleicht einfach akzeptieren, dass es Träume waren. Wie lange ist der letzte Traum her? Zwei, drei Monate?«

»Zwei.«

»Dann vergiss sie endlich!«

»Das kann ich nicht. Ich … ich kann einfach nicht!«, ich ließ mich wieder neben ihn fallen, stütze mich mit den Ellenbogen auf den Knien auf und vergrub mein Gesicht in beide Hände. Wenn es so einfach wäre, sich diese Frau aus dem Kopf zu schlagen, dann hätte ich es sicherlich schon lange getan, doch es ging nicht.

Sie war überall.

Wenn ich die Augen schloss, sah ich ihr Gesicht, spürte ihre Lippen, hörte ihre Stimme. Selbst ihren Duft bekam ich nicht aus der Nase. Ob Liebe so etwas mit einem machte?

»Warst du schon mal verliebt, Bro?«

»Verliebt? Jetzt hör doch auf zu spinnen! Du bist nicht verliebt, du bist einfach nur untervögelt. Wie lange ist es jetzt her?«

»Was?«

»Das du gevögelt hast!«, wartend sah er mich an.

»Ungefähr drei Monate …«, ich erschrak, als Bastian in die Hände klatschte.

»Siehst du! Problem erkannt, Lösung vorhanden. Die Mädels jagen dir doch sowieso hinterher.«

Ich überlegte kurz, doch es fühlte sich falsch an und würde mein Problem mit großer Sicherheit nicht lösen. Nur *sie* konnte das. Kopfschüttelnd stand ich auf und ging zu meinen Drums, nahm meine Jacke und meinen Schlüssel, trank meine Flasche Wasser leer und stellte sie weg.

»Sorry, Bastian, aber das kann ich nicht. Ich kann sie nicht … betrügen. So würde es sich anfühlen.«

»Fuck, Jay! Was stimmt mit dir nicht?«, ich antwortete ihm nicht mehr, sondern ging nach draußen. Jörn und Tim sahen mich erwartungsvoll an, doch ich wollte mir von ihnen nicht auch noch anhören, was nur mit mir los war.

»Ich bin weg, Jungs. Ist nicht mein Tag. Wir sehen uns morgen beim Auftritt.«

Mit offenen Mündern starrten sie mich an, doch ich ging an ihnen vorbei, direkt zu meinem Auto, setzte mich rein und fuhr los. Natürlich wusste ich selbst, wie abnormal die ganze Sache war, doch ein bisschen Verständnis von meinen besten Freunden war doch nicht zu viel verlangt, oder?

Ich fuhr noch eine Stunde durch die Gegend, um meinen Kopf freizubekommen. Klappte nicht so gut, wie ich es gedacht hatte, sodass ich schnell zu Hause in meinem Bett landete. Ob die Jungs schon zuhause waren wusste ich nicht und es war mir auch egal, denn das Einzige, was ich noch wollte, war schlafen …

Heftige Bässe dröhnen in meine Ohren, als ich meine Augen öffne. Ich stehe an einer Theke, halte ein Getränk in meinen Händen und fühle mich unnatürlich wohl. So wohl, als wäre sie anwesend. Ich schaue mich um und muss zugeben, dass mir der Club kein bisschen bekannt vorkommt, obwohl ich schon in vielen Verschiedenen war. Links neben mir steht ein sich küssendes Paar, rechts sitzen zwei Männer an der Bar und unterhalten sich, auf der Tanzfläche befinden sich Tanzwütige jedes Geschlechts.

Sie muss hier irgendwo sein.

Ich stelle meinen Drink ab und gehe ein paar Schritte, als mir plötzlich schwingende Hüften auffallen.

Sie ist hier.

Frei und glücklich bewegt sie sich zum Takt der Musik, lässt sich gehen und tanzt, als würde niemand hinschauen. Doch alle Augen sind auf sie gerichtet, denn sie ist eine Augenweide. Ihre Augen sind geschlossen, auf ihren Lippen liegt ein wunderschönes Lächeln.

Vielleicht das Schönste, das ich jemals gesehen habe.

Vielleicht?

Nein, es ist auf jeden Fall das Schönste.

Ich kann mich nicht länger zurückhalten und gehe auf sie zu, lege meine Arme um sie und schließe sie in die Umarmung, nach der ich mich Monate lang gesehnt habe. Mein Herz klopft schneller, meine Haut kribbelt, mein Atem beschleunigt sich, als sie ihren Kopf an mich lehnt und ihre kleinen Hände auf meine starken Arme legt. Ich kann nicht anders und lege meinen Kopf in ihre

Halsbeuge, rieche ihren unverkennbaren Duft. Die Musik verändert sich und wird langsamer, wir bewegen uns im Takt und ich bekomme eine Gänsehaut, als sie mit ihren Fingern zart über meine Haut gleitet. Wie viel Zeit uns diesmal bleibt, wissen wir nicht, doch ...

»Ich wünschte, der Moment würde nie enden ...!«, mit belegter Stimme flüstere ich ihr die Worte ins Ohr und schließe meine Augen, genieße den Moment. Ich merke, wie sie sich in meinen Armen umdreht, und freue mich jetzt schon darauf, gleich ihre Lippen schmecken zu können.

Doch plötzlich spüre ich sie nicht mehr.

Erschrocken öffne ich meine Augen. Wir stehen vollkommen alleine in dem großen Club und langsam mache ich mir Sorgen.

Warum schaut sie mich so an? So ... verletzt?

Ich möchte sie zu mir ziehen, doch sie drückt meine Hände weg und ich habe mich selten so verletzt und alleine gefühlt.

»Du bist nicht real! Du ... du existierst nicht!«

Keuchend schrecke ich auf und blicke mich panisch um.

Was zum Teufel ...?

Ich knipste die Lampe an, die auf meinem Nachttisch stand, und sah auf meinen Radiowecker.

03:04 Uhr.

Noch immer schwer atmend stand ich auf und boxte gegen den Boxsack, der von der Decke hing. Das durfte doch nicht wahr sein! Was war nur mit ihr los? Gerade noch war ich so glücklich sie endlich wieder bei mir zu haben und in der nächsten Sekunde war alles vorbei.

Ich sei nicht real? Existierte nicht?

Wieder ein Schlag gegen den Boxsack.

Sie war doch die Frau, die nur in meinen Träumen existierte!

Jetzt reichte es! Ich zog mir meine Sportsachen an, steckte mir meine Kopfhörer in die Ohren und lief einfach drauf los. Lief mir den Kopf frei und hoffte, dass das Gefühl, sie noch immer spüren zu können, nachließ.

***

Noch zwei Minuten, bis wir auf die Bühne mussten. Ich hatte noch kaum ein Wort mit den anderen gewechselt und hatte auch nicht vor, dies zu ändern. Meine Laune könnte kaum schlechter sein und ich konnte es nicht abwarten, mit meinem Schlagzeug für einige Minuten alles um mich herum zu vergessen. Schon immer war die Musik mein Rettungsring, mein Fels in der Brandung.

»Everything Changes, ihr seid dran!«, die Jungs und ich nickten uns kurz zu und betraten die Bühne, vor der schon die feiernden Fans auf uns warteten. Wir nahmen alle unsere Plätze ein und Tim fing damit an, das Publikum anzuheizen.

Schon leitete ich die Takte für unseren ersten Song ein, *Kryptonite* von *3 Doors Down*. Das Lied packte mich und ich spielte um mein Leben.

Ja, sie war mein Kryptonit.

Nur sie formte in den letzten Monaten meine Gedanken, beeinflusste meine Stimmungen und gab mir so viel Kraft, obwohl sie meine größte Schwäche war. Doch das war nun vorbei. Sie war diejenige, die nicht existierte, denn ich fühlte mich in diesem Moment lebhafter denn je. Jeden Song spielte ich mit so viel Gefühl und so viel Leidenschaft, dass selbst meine Bandmitglieder mir anerkennend zunickten. Es war ein Seelenstrip auf der Bühne und ich war keinesfalls erschrocken, als bei *Here Without You*, ebenfalls von *3 Doors Down*, eine Träne meine Augen verließ.

Oder war es nur die Wut, die mich so emotional werden ließ?

Keine Ahnung, doch dieses Lied ging mir unter die Haut. Es war nichts als die Wahrheit. Ich war hier ohne sie, doch sie war noch immer in meinen einsamen Gedanken, und zwar jede Sekunde.

Diese Augen. Dieses verdammte Lächeln. Ja, ihr Lächeln hat mich praktisch dazu gezwungen, mich Hals über Kopf in sie zu verlieben.

Ich konnte einfach nicht wütend sein, wenn ich an dieses Lächeln dachte, und wollte es immer und immer wieder sehen.

Egal wie sauer sie mich mit diesem Satz machte; ich vermisste sie mehr als es Worte je beschreiben könnten.

Der vierte Traum

Der letzte Arbeitstag vor meinem lang ersehnten Urlaub ging zu Ende und ich konnte es kaum erwarten, endlich nach Hause zu kommen und den Rest meiner Sachen in den Koffer zu packen. Jedes Jahr flogen meine Eltern, meine Brüder und ich zu meinen Großeltern nach Irland, um innerhalb von zehn Tagen alles nachzuholen, was wir im restlichen Jahr nicht miteinander teilen konnten. Natürlich telefonierten wir oft und bekamen auch zu unseren Geburtstagen immer ein Geschenk geschickt, doch das war nichts dagegen, wie sie uns betüddelten, wenn wir bei ihnen waren. Immerhin waren wir die einzigen Enkel, die sie hatten, und in ihren Augen wahre Engel.

Waren wir natürlich nicht.

Aber bei Großeltern sieht die Sache ja ganz anders aus. Ich freute mich jedenfalls darauf, endlich wieder zu ihnen und in das Land zu kommen, das ich so liebte. Wenn da nicht eine Sache wäre …

Meine Flugangst!

Schon als Kind flog ich ungern, doch mit dem Alter verschlimmerte es sich nur. Meine Brüder machten sich deswegen ständig lustig über mich, was die ganze Sache verständlich nicht einfacher machte. Sie konnten es nicht nachvollziehen, wie schlimm es für mich war.

Alles daran machte mir Angst, doch ich zwang mich jedes Jahr aufs Neue dazu. Meinen Großeltern zuliebe.

»Tschüss, Elijah. Schönen Urlaub!«, Sabrina winkte mir zu und brüllte mir ihre Worte hinterher, als ich schon über den Parkplatz zu meinem Auto ging. Ich hob kurz meine Hand, doch ein Lächeln schenkte ich ihr nicht. Damit hatte ich schon zuletzt viel zu viele Hoffnungen aufkeimen lassen.

Hoffnung.

Etwas, was ich momentan nicht mehr hatte.

Schon drei Monate war der letzte Traum nun her und ich hatte jegliche Hoffnung, wieder von ihr zu träumen, aufgegeben. Zudem fiel ich wieder in alte Verhaltensmuster und schnappte mir nach einigen Auftritten wieder willige Groupies, doch befriedigt hatte es mich nie. Es linderte nur den Druck, der sich aufgebaut hatte. Ich wollte das alles nicht mehr, ich wollte endlich meiner Traumfrau gegenüberstehen und ihr sagen, was ich für sie fühlte. Ich wollte mit ihr lachen, sie küssen und mit ihr sprechen. Mir würde es fast schon reichen, wenn ich über sie sprechen könnte, doch mit wem? Meine Eltern schloss ich aus, denn meine Mutter würde mich mit Sicherheit zu irgendeinem spirituellen Heiler schicken, der mich analysieren sollte. Meine Brüder würden mich auslachen und aufziehen. Die Jungs meiner Band wussten zwar schon über sie und die Träume Bescheid, doch jedes Mal, wenn ich über sie sprach, verdrehten sie nur die Augen. Verständlich, denn ich kannte kaum noch ein anderes Thema. Somit stand ich zurzeit mit meinen Gedanken und Gefühlen alleine da.

Als ich endlich zuhause ankam, stellte ich den schon halb gepackten Koffer auf mein Bett und räumte alles ein, was ich die nächsten Tage brauchte. Es war nicht mehr viel, da ich mich auf so eine Reise schon Tage zuvor vorbereitete. Ich stellte ihn fertig gepackt in den Flur und verabschiedete mich von Tim und Bastian, die vor dem Fernseher saßen und irgendein Spiel auf der Konsole zockten. Sie wollten mich überreden, noch eine Runde mit ihnen zu spielen, doch ich wollte lieber ins Bett. Vielleicht ließ mich die Angst vor dem Flug nicht schlafen, aber irgendwie hatte ich so ein Gefühl, dass ich ausgeruhter als sonst aufwachen würde.

Fuck.

Ich kenne diese Geräusche.

Ich kenne dieses Wackeln.

Ich sitze in einem scheiß Flugzeug und kann mich nicht bewegen. Die Angst lähmt mich und ich kralle mich in die Sitzlehnen, versuche die Fassung zu bewahren. Warum bin ich schon hier? Ich öffne meine Augen einen Schlitz und schaue mich vorsichtig und schwer atmend um. Weder meine Brüder noch meine Eltern sind zu sehen, das ergibt keinen Sinn. Ich sehe nur fremde Menschen, die ganz gelassen den Flug genießen. Ich schließe meine Augen wieder und konzentriere mich auf meine Atmung und mein pochendes Herz, als mir ein Geräusch allzu bekannt vorkommt. Ich höre noch einen Herzschlag. Einen, dessen Takt ich unter Tausenden erkennen würde.

Einen, den ich liebe.

Ich beruhige mich etwas, denn ich weiß nun, dass ich mich in einem Traum befinde. In einem Traum mit ihr. Der Herzschlag kommt immer näher und ich versuche mich mehr zu entspannen, doch bis ich sie spüre, wird das nicht möglich sein. Ich spüre sie nah bei mir, als stände sie genau neben mir. Ich öffne meine Augen und sehe direkt in ihre, was mich mehr als erleichtert. Noch bevor mein Kopf die Gedanken sortiert hat, packen meine Arme schon nach ihr und ziehen sie seitlich auf meinen Schoß.

Da ist sie.

Endlich halte ich sie wieder in meinen Armen.

Wir schauen uns in die Augen und es ist, als könnten wir unser Glück kaum fassen. Sie legt eine Hand an meine Wange, die sofort beginnt wie in Flammen zu glühen, während ich meine Finger auf ihrem Rücken hoch und runter gleiten lasse. Sie so zu spüren, erweckt alle Gefühle in mir, die ich in den letzten Monaten zu verdrängen versucht hatte.

Ich muss sie küssen.

Auch sie scheint diesen Gedanken zu haben, denn ihre wundervollen Lippen öffnen sich einen Spalt und ihre Augen schließen sich. Ich lege ihr besitzergreifend eine Hand in den Nacken und ziehe sie näher zu mir, als das Flugzeug plötzlich anfängt zu ruckeln. Mein Körper verspannt sich, mein Herz schlägt schneller, meine Atmung beschleunigt sich.

»Flugangst!«, ist das einzige Wort, welches meine Lippen verlässt. Sie legt ihre Hände an meine Wange, lächelt mich aufmunternd an und sofort bin ich wie verzaubert. Als sie dann auch noch ihren Kopf senkt, um meine Nasenspitze zu küssen, kann ich nicht anders, und lächle ebenfalls.

Was macht diese Frau nur mit mir?

»Hab keine Angst …«, sie nimmt meine Hand, steht auf, und ich habe gar keine andere Wahl, als ihr zu folgen. Ich würde dieser Frau bis ans Ende der Welt folgen, wenn sie es von mir verlangen würde.

Sie geht auf die Tür zu und kommt genau davor zum Stehen, legt ihre Hand auf den Griff.

»Was hast du vor?«

»Vertrau mir einfach!«, sie schenkt mir ein Lächeln und zieht den Griff nach oben. Sofort lege ich meinen Arm beschützend um sie, denn die Angst, dass ihr etwas passieren könnte, fängt mich sofort. Ich schaue mich um und bin erstaunt, dass keiner der anderen Passagiere in Panik gerät. Sie lehnt sich etwas vor, sodass meine Aufmerksamkeit wieder ihr gilt. Was zum Teufel hat sie vor? Sie will doch nicht etwa …

»Du willst doch nicht etwa …?«, meine Sorge bestätigt sich, denn ihr Blick sagt mir genau das. Sie will springen und ich werde es nicht zulassen.

»Nein, nicht ich. Wir!«, sie nimmt meine Hand von dem Griff, an dem ich mich festgehalten hatte, um uns zu schützen, und legt sie ebenfalls um ihren kleinen Körper. Ihre Arme legt sie um meinen Nacken und sie schmiegt sich liebevoll an meine Brust. Was für ein wundervolles Gefühl, wenn ich nicht gerade unserem sicheren Tod ins Auge blicken würde.

»Auf drei?«

Ich weiß nicht, was mich geritten hat, doch ich atme tief durch und nicke. Wahrscheinlich muss ich ihr einfach vertrauen. Und das tue ich. Bedingungslos.

»Eins, zwei …«, sie beginnt zu zählen und mein Körper spannt sich merklich an. Ich will das nicht. Doch ich muss. Bei ihr kann ich mich komplett fallen lassen, also werde ich auch mit ihr zusammen fallen.

»... drei!«, wir kippen nach vorne und sofort wirbeln wir wild durch die Luft. Es dauert einen Moment, bis wir uns gefangen haben, doch es beruhigt mich eher weniger. Ich kneife meine Augen fester zusammen und spüre, wie sie ihre Hände von meinem Nacken löst.

Nein.

Ich drücke sie noch enger an mich, aus Angst, sie zu verlieren. Komischerweise mache ich mir überhaupt keine Sorge, was mit mir geschieht. All meine Sorgen drehen sich nur um sie und ihr Leben.

Weil sie mein Leben ist.

Ich spüre ihre Hände an meinen Wangen und beruhige mich sofort.

»Mach die Augen auf! Es ist ... es ist so wunderschön!«, ich höre nur ihre Stimme und reagiere sofort darauf, öffne meine Augen. Ihr Gesicht ist nah vor meinem und ich kann mal wieder nicht fassen, wie unglaublich schön sie ist.

»Du hast recht. Wunderschön!«, sie versteht erst nach ein paar Sekunden, dass ich nicht von der Umgebung, sondern von ihr spreche, und ihre Wangen färben sich rosarot. Ich lege meine Stirn an ihre und kann ein fröhliches Lachen nicht aufhalten.

Sie ist zu süß.

Ihr Blick geht wieder nach unten und ich folge ihr. Der Aufprall steht uns kurz bevor und ich kann die Schönheit der leuchtenden Stadt unter uns nicht genießen. Ich will nicht, dass es endet.

Ich schlucke hart und drehe uns so, dass ich bei unserem Aufprall als Erster aufkomme. Ich muss sie irgendwie schützen, denn sie ist *wichtiger als alles andere. Sie ist das Wertvollste, das ich je in meinem Leben haben durfte.*

Ich lege meine Hand wieder in ihren Nacken und ziehe ihren hübschen Kopf an meine Brust, drücke einen Kuss auf ihren Haaransatz. Ich würde ihr gerne noch so viele Worte sagen, doch es ist zu spät.

Wir sehen uns ein letztes Mal an und unsere Blicke sagen alles, was wir wissen müssen.

Sie muss einfach merken, wie sehr ich sie liebe.

Plötzlich ist es so weit und wir schlagen auf. Ich befürchte das Schlimmste, doch werde überrascht. Wir landen sanft und prallen federleicht ab. Erstaunt schauen wir uns an.

»Geht es dir gut?«, sie klingt ängstlich, doch ich lächle sie beruhigt an und lege meine Hände an ihre Wange. Dass sie sich um mich sorgt, bedeutet mir viel, doch das muss sie nicht.

»Mir ging es nie besser! Woher ... woher wusstest du, dass uns nichts passieren kann?«

»Ich wusste es nicht. Ich weiß nur, dass ich mit dir zusammen fliegen kann. So fühlt es sich jedenfalls immer an!«

Sie hat so recht und macht mich in diesem Moment noch glücklicher, als ich es schon vorher war. Wie könnte es auch anders sein, wenn ich meine Traumfrau auf mir habe, die ich in diesem Augenblick an mich ziehe und meine Lippen auf ihre presse. Wir küssen uns wie zwei Hungernde und es ist genau das, was wir gebraucht haben.

Fuck, was habe ich sie vermisst.

Ihre Lippen fühlen sich so gut an und sie schmeckt unvergleichlich süß. Ein Geschmack, den ich nie vergessen werde ...

Mit einem Lächeln auf den Lippen machte ich den Wecker aus und legte mich wieder zurück in meine Kissen. Ich hatte nicht viel Zeit, bis ich aufbrechen musste, doch nahm mir ein paar Minuten, um das Gefühl zu genießen, das sie noch immer in mir auslöste. Ich konnte ihre Lippen noch auf meinen spüren und ihr Geschmack lag mir auf der Zunge. Wenn sie doch jetzt nur neben mir liegen könnte …

Nachdem ich mich frisch gemacht hatte, stellte ich mich mit gepackten Koffern vor die Tür und wartete auf meine Brüder. Colin und Shane sollten in wenigen Minuten da sein, um mich abzuholen, während mein ältester Bruder Isaac meine Eltern einsammelte. Normalerweise wäre ich schon jetzt ein nervliches Wrack, aber ich war die Ruhe selbst und hatte keine Angst. Doch die sollte mit Sicherheit noch kommen.

***

»Hast du dir was eingeschmissen?«, Isaac sah mir eindringlich in die Augen, doch konnte scheinbar nichts Außergewöhnliches erkennen.

»Nein, habe ich nicht. Und selbst wenn; du glaubst doch nicht im Ernst, dass ich es dir sagen würde, oder? Du bist ein Bulle!«

»Ich bin aber immer noch dein Bruder und du kannst mir alles sagen. Also, warum siehst du so anders aus? Und warum hast du keine Angst?«, ich musste schmunzeln, denn mir kam direkt das Bild meiner ganz persönlichen

Droge in den Kopf. Wir saßen schon seit mehr als zehn Minuten im Flugzeug und er schien nicht der Einzige zu sein, der sich wunderte, warum ich so entspannt in meinem Sitz saß. Auch den anderen war aufgefallen, dass ich erholter und besser aussah als sonst, doch woran es lag, sollte mein Geheimnis bleiben.

»Nennen wir es einfach eine wundersame Heilung.«

Er glaubte mir nicht und sah mich weiterhin streng an, doch ich ließ mich davon nicht weiter stören. Das Symbol, dass wir uns anschnallen sollten, leuchtete auf, und alle taten wie verlangt.

Noch immer kein Anflug von Panik.

Ich bemerkte die Blicke meiner Familie und machte mir einen Spaß daraus, sie im Ungewissen zu lassen. Als sich das Flugzeug in Gang setzte, schloss ich die Augen und dachte an meine Liebe. Wir wurden immer schneller und hoben ab, doch meine Angst blieb aus, denn ich fühlte *sie*, als wäre sie noch immer bei mir. Irgendwann würde ich ihr dafür danken können. Da war ich mir sicher.

Der fünfte Traum

»Komm, einen schaffst du noch!«, Tim stand hinter mir und motivierte mich dazu, die Hantel ein weiteres Mal zu heben. Meine Muskeln brannten schon und der Schweiß tropfe mir von der Stirn, doch ich gab alles und schaffte es ein letztes Mal. Ausgepowert stand ich auf, nahm mir mein Handtuch und trocknete damit mein Gesicht ab. Ich schmiss es wieder zurück auf seinen Platz, schüttelte meine Arme kurz und stellte mich hinter die Hantelbank, um Tim Hilfestellung zu geben. Schon nach sechs Wiederholungen gab er auf und durfte sich dafür nicht nur einen blöden Spruch von mir anhören. Wir waren immerhin nicht zum Spaß hier.

Doch bei mir stand nicht der Muskelaufbau oder das Training im Vordergrund, sondern die Ablenkung. Nach dem letzten Traum konnte ich den Druck einfach nicht mehr an den Groupies loswerden. Natürlich hatte ich es versucht, doch es fühlte sich so falsch an, als sie mich anfasste, dass ich das Spiel sofort unterbrach und sie rausschickte. Es fühlte sich wie Fremdgehen an.

»Willst du für heute Schluss machen oder quälst du dich noch weiter?«, auch wenn meine Muskeln schon brannten und mein Körper langsam schlappmachte, konnte ich noch nicht ans Aufhören denken.

»Ich werde noch aufs Laufband gehen. Fährst du schon nach Hause?«

»Ich denke schon. Übernimm dich nicht!«, ich nickte ihm zu und ließ meine Faust gegen seine krachen. Ich nahm Handtuch und Trinkflasche an mich und ging zu den Laufbändern, die um diese späte Uhrzeit alle frei waren. Ich dachte gar nicht daran, langsam anzufangen, sondern stellte direkt auf eine höhere Stufe. Meine kräftigen Schritte hallten in dem Raum wieder und mein Puls beschleunigte sich rasend.

Mehr.

Ich erhöhte um eine weitere Stufe und rannte, ohne Ziel, immer schneller. Die ganze Zeit hatte ich *ihr* Bild vor meinen Augen.

Sie war mein Ziel.

Das einzige Ziel, das zählte.

Nach einer guten halben Stunde stellte ich das Laufband ab und stieg herunter. Ich konnte meine Beine kaum noch fühlen und die Müdigkeit überkam mich schlagartig. So schnell ich nur konnte, duschte ich mich ab und fuhr nach Hause, wo mein warmes Bett auf mich wartete.

Das ist nicht mein Flur!

Wo bin ich?

Ich gehe ein paar Schritte geradeaus und öffne links von mir eine Tür. Die Küche, die mit Kartons vollgestellt ist, kommt mir auch nicht bekannt vor, doch ich erblicke eine Kaffeemaschine und bin kurz davor, der Versuchung nachzugeben. Ich fühle mich so schlapp und müde, da hilft nur Kaffee oder ein Bett, doch ich kann mich in einer fremden Wohnung nicht zur Ruhe legen. Ich schließe die Tür wieder und will mich erst umgucken, als ich einen leisen Seufzer höre. Ich weiß sofort, von wem er stammt und fühle mich mit einem Mal wie zuhause.

Ich gehe auf die Tür zu, aus der ich den Seufzer vermute, und öffne sie vorsichtig.

Da liegt sie.

Ihre Augen sind fest zusammengekniffen und ihr Körper ist verspannt. Instinktiv gehe ich auf sie zu, lege mich hinter sie auf das Sofa und ziehe sie an meine Brust. Sofort entspannt sie sich und ich vergrabe meine Nase in ihren Haaren

Sie duftet so unbeschreiblich gut.

»Ich habe dich vermisst, Babe!«, ihr Körper erschaudert bei meinen Worten. Die Art, wie sie auf mich, meine Stimme und meinen Körper reagiert, macht mich glücklich und stolz zugleich. So etwas habe ich vorher noch nie erlebt. Mit ihr scheint alles anders zu sein, einfach schöner.

Sie dreht sich in meinen Armen um und nimmt einen tiefen Atemzug, was mir ein Lächeln entlockt. Auch sie lächelt mich an und ich küsse zärtlich ihre Stirn.

»Ich habe dich auch vermisst!«

»Geht es dir gut?«, ich habe die Worte noch nicht ganz ausgesprochen, da wird ihr Lächeln auch schon breiter.

»Jetzt ja!«, keine Antwort könnte mich glücklicher machen und ich muss den Mund küssen, aus dem diese kam. Unsere Lippen berühren sich und das Feuer der Leidenschaft ist entfacht. Wie lange wir uns küssen, kann ich nicht schätzen, doch als wir uns wieder trennen, schnappen wir beide hektisch nach Luft. Sie kuschelt sich in meine Arme und entlockt mir so ein wohliges

Seufzen, weil es sich genauso anfühlt, wie es sich immer anfühlen sollte.

»Irgendwann erzähle ich dir vielleicht einmal, wie ich versucht habe, dich zu vergessen ...«, was hat sie da gerade gesagt? Mein Körper spannt sich an und ich ziehe sie näher zu mir. Sie wollte mich vergessen?

Nein, das darf sie nicht.

Allein der Gedanke daran, dass sie mich aus ihrem Leben streichen könnte, schmerzt in meiner Brust.

»Bitte vergiss mich nicht! Bitte ...!«, meine Stimme zittert. Die Töne, die meinen Mund verlassen, habe ich so von mir noch nicht gehört. Die pure Angst und eine klägliche Bitte liegen darin.

»Das kann ich nicht. Niemals.«

Erleichtert entlasse ich die angehaltene Luft und mein Körper entspannt sich etwas, doch ich lasse meine Arme fest um sie gelegt. Es dauert nicht lange, bis mich die Müdigkeit wieder überkommt und ich, nah an sie gekuschelt, meine Augen schließe.

Der einzige Gedanke, der mir noch in den Sinn kommt, ist, dass ich irgendwann jede Nacht so einschlafen werde.

Ganz sicher ...

Muskelkater!

Wo ich mich gerade, nach dieser unglaublichen Nacht, genüsslich strecken wollte, verziehe ich nun mein Gesicht. Mein ganzer Körper schmerzt und ich war es auch noch selbst schuld. Natürlich hatte ich mich gestern übernommen, doch wenn es zu dem Traum geführt hatte, dann sollte es das wert gewesen sein.

Ob das ihre Wohnung war?

Wenn ja, konnte sie erst vor kurzem dort eingezogen sein, denn die ganzen Umzugskartons und die Tatsache, dass sie auf ihrem Sofa geschlafen hatte, sprachen für sich.

Wie gerne würde ich ihr dabei helfen, diese auszupacken. Wie gerne würde ich meine eigenen Kartons in dieser Wohnung auspacken und jeden Tag mit ihr einschlafen können.

Eins war mir jedenfalls klargeworden; es sind nicht die Möbel oder die Wände, die uns ein Gefühl von Zuhause geben.

Es sind die Menschen.

Der sechste Traum

Den Anruf von letzter Woche hatte ich noch immer nicht verdaut. Meine Mutter rief mich spät abends an und berichtete mir, dass mein Großvater aus Irland gestorben war.

Einfach so.

Er war nicht krank, noch nicht sehr alt und sogar noch fit und wachte trotzdem eines Morgens nicht mehr auf. Noch nie im Leben war ich so traurig wie momentan und wünschte mir nichts sehnlicher, als ihn noch einmal umarmen zu können. Ja, wenigstens seine Stimme noch mal zu hören. Drei Tage vor seinem Tod hatten wir noch miteinander gesprochen, aber hätte ich gewusst, dass es unser letztes Telefonat sein sollte, hätte ich ihm nicht nur von meinen Auftritten und der Arbeit erzählt.

Ich hätte ihm gesagt, dass ich ihn liebe, dass ich ihn vermisse und ich hätte ihm von meiner Traumfrau erzählt. Hätte ihm gesagt, dass ich eine Frau kennengelernt habe, die mich zum glücklichsten Menschen der Welt macht. Dass ich mein Leben mit ihr verbringen möchte und er sich keine Sorgen machen muss, dass er nie Urenkel bekommen wird.

Das war immer seine größte Sorge, denn er wusste, dass meine Brüder und ich schwer vermittelbar waren. Klar, sie hatten im Gegensatz zu mir schon Freundinnen, aber gehalten hat es nie lange.

Ich hätte ihm gesagt, dass ich meinen Sinn im Leben nun kenne, ihn nur noch finden muss.

Es gab einfach viel zu viel, was ich ihm noch hätte sagen wollen, doch das konnte ich nun nicht mehr.

»Jay? Bist du soweit? Deine Brüder warten!«, Bastian lehnte am Türrahmen und schaute mir mitleidig entgegen. Die Band war mir in den letzten Tagen eine große Stütze. Sie lenkten mich ab und sprachen mit mir, waren für mich da, wann immer ich sie brauchte. Auch die Arbeit war eine willkommene Ablenkung und sogar Sabrina ließ mich in Ruhe.

»Ich komme sofort.«

Ich stand auf und schnappte mir meinen Koffer, verabschiedete mich von den Jungs und ging zu meinen Brüdern, die im Auto auf mich warteten. Meine Eltern waren noch am selben Tag nach Irland geflogen, um meiner Großmutter beizustehen und nun war es an uns, zur Beerdigung zu fliegen. Ich war zuvor noch nie auf einer Beerdigung und wusste nicht, was auf mich zukam. So ging es auch meinen Brüdern, sodass es im Auto sowie im Flugzeug sehr ruhig war. Alle hingen ihren Gedanken nach und waren mit sich selbst beschäftigt.

***

Die Begrüßung meiner Großmutter war tränenreich. Es brach mir das Herz sie so zu sehen und ich konnte mir nicht im Geringsten vorstellen, wie es sein musste, seine große Liebe zu verlieren. Wir sprachen lange über meinen Großvater und die schönen Erinnerungen, die wir mit ihm verbanden, bevor alle ihre Schlafplätze aufsuchten. Auch ich lag schon seit einer Stunde in meinem Bett, doch an Schlaf war nicht zu denken.

Ich hatte das Gefühl, dass irgendetwas auf mich warten würde.

Also stand ich auf, zog mir meine Jogginghose und ein Shirt an, ging runter und erschrak mich fast zu Tode, als ich meine Großmutter auf der Terrasse stehen sah. In eine Decke eingepackt und ein Glas Wein in der Hand, stand sie am Geländer und schaute auf die weiten Wiesen und den Mond, der voll am Himmel stand. Ich öffnete leise die Tür und räusperte mich, sodass sie sich zu mir umdrehte und mir liebevoll entgegenlächelte.

»Hallo mein Schatz, kannst du auch nicht schlafen?«, ich ging auf sie zu und stellte mich neben sie, gab ihr einen Kuss auf den Scheitel und nahm einen großen Schluck von ihrem Wein, was sie schmunzeln ließ.

»Nein, irgendwie nicht.«

»Du hattest schon früher Schlafprobleme. Dein Großvater und ich haben so oft gehofft, dass du mal mehr als fünf oder sechs Stunden schläfst. Wir haben dich immer extra lange aufbleiben lassen, damit wir am nächsten Morgen etwas länger schlafen konnten. Kannst du dich daran noch erinnern?«

»Wie könnte ich das vergessen? Isaac war ständig sauer auf mich, weil ich länger aufbleiben durfte, wo er doch der Älteste war!«, wir lachten beide bei der Erinnerung und ich war froh, dieses Geräusch von ihr zu hören.

»Dein Großvater ist jeden Morgen mit dir aufgestanden, auch als du schon größer warst. Er sagte immer zu mir, dass er es machen würde, damit ich ausschlafen konnte, doch ich wusste, dass er es für sich selbst tat. Er verbrachte so gerne seine Zeit mit dir und genoss jede Minute, die ihr miteinander hattet. Du warst schon immer etwas Besonderes, Eli.«

Ich wusste nicht, was ich darauf sagen sollte, und schluckte nur den Kloß herunter, der sich in meinem Hals gebildet hatte. Einige Minuten standen wir still nebeneinander, bis meine Großmutter mir eine Frage stellte, auf die ich nicht vorbereitet war.

»Wie lange träumst du schon von ihr?«, mit einer Mischung aus Verwirrung und Erleichterung sah ich sie an und war sprachlos. Woher ...?

»Schon seit Jahrhunderten erzählt man sich davon. Zwei Menschen, die so stark miteinander verbunden sind, dass sich ihre Seelen in ihren Träumen verbinden, noch bevor es ihre Körper tun. Träume, die nicht mit anderen vergleichbar sein sollen. Viele sagen, dass die Betroffenen kaum von Realität und Traum unterscheiden konnten, den Seelenpartner sogar noch spüren konnten, obwohl sie wieder wach waren.«

Mit einem Lächeln auf den Lippen und leicht nickend sah ich in die Ferne, bis meine Großmutter mich am Arm packte, sodass ich mich zu ihr drehte.

»Schon als du ein kleiner Junge warst, hatte ich eine Vorahnung, dass du deinen Seelenpartner auf diese Weise finden würdest. Als ich dich bei deinem letzten Besuch angesehen habe, wusste ich es sofort. Du sahst so anders aus. So ausgeschlafen, glücklich und über beide Ohren verliebt. Erzählst du mir von ihr?«, ich konnte kaum glauben, was sie alles zu mir gesagt hatte, doch hätte es mich nicht glücklicher machen können. Ich nahm ihre Hand und führte sie zu der kleinen Bank, die am Ende der Wiese stand. Ihre Augen glänzten verträumt, als ich anfing von meinen Träumen zu berichten. Ich erzählte ihr jedes kleine Detail, jedes Gefühl, und sie hörte mir zu, ohne mich zu unterbrechen. Ein paar kleine Schluchzer entfuhren ihr, doch auch ich hatte mit den Tränen zu kämpfen. Es tat so gut, sich alles von der Seele zu sprechen und jemanden bei sich zu haben, der ebenfalls daran glaubte.

Gähnend beendete ich den letzten Satz und meine Großmutter gab mir schmunzelnd einen Kuss auf die Wange. Wo ich vor wenigen Minuten noch hellwach war, hätte ich nun auf der Stelle einschlafen können.

»Geh ins Bett, Eli. Deine Liebe wartet auf dich, das kann ich spüren!«, ich nickte nur noch und wir gingen zusammen ins Haus. Sie verabschiedete sich an ihrer Schlafzimmertür und ich ging wenige Schritte weiter, um mich in meinem Zimmer ins Bett fallen zu lassen.

Wie schwer es ist, vor einem Grab zu stehen, merke ich in dieser Sekunde.

Ich lese den Namen meines Großvaters auf dem Grabstein und kann ein Schluchzen nicht mehr zurückhalten. Fuck. Es fällt mir wirklich schwer hier zu stehen. Durchnässt, frierend und … alleine.

Wo ist meine Familie?

Ich sehe mich um und merke, dass ich nicht nur alleine an dem Grab stehe, sondern niemand auf dem ganzen Friedhof zu sein scheint. Auch in der kleinen Kapelle brennt kein Licht. Ich wende mich wieder dem Grab zu und denke an die ganzen schönen Momente, die ich mit meinem Großvater erleben durfte. Wie er mir beigebracht hat, einen Nagel in Wand zu hämmern, einen Seemannsknoten zu machen oder wie man einer Frau die Tür öffnet und ihr den Stuhl zurechtrückt. Einen kleinen Gentleman wollte er aus mir machen und das ist ihm auch gelungen. Zumindest, wenn es um mein Babe geht.

Ich wünschte, sie wäre bei mir.

Der Wunsch ist so groß, dass ich sie spüren kann. Ich senke meinen Kopf und versuche, nicht daran zu denken, denn zu wissen, dass ich sie nicht wirklich spüren kann, schmerzt. Mein ganzer Körper verspannt sich, bis ich etwas fühle.

Ich fühle sie.

Ihre Hand auf meiner Schulter.

Ich entspanne mich sofort und drehe mich zu ihr um, lege meine Arme um sie und vergrabe meinen Kopf in ihrer Halsbeuge. Ihr unverkennbarer Duft steigt mir in die Nase und ich atme tief ein und wieder aus. Ihre Umarmung fühlt sich so gut an und ich vergesse augenblicklich all meine Probleme und Sorgen. Sie löst sich etwas von mir, legt ihre Hände an meine Wangen und ich kann nur ihre vollen Lippen ansehen, die ich so gerne küssen würde. Als könnte sie meine Gedanken lesen, schließt sie ihre Augen und kommt mir entgegen, bis sich unsere Lippen berühren. Das Feuerwerk, welches ich immer spüre, wenn wir uns küssen, entfacht und erleuchtet uns in den hellsten Farben. Plötzlich spüre ich die

Wärme, die sie mir gibt, auf meinem ganzen Körper und ich lächle an ihre Lippen.

Der Regen ist verschwunden und die Sonne klart den Himmel auf.

Sie erwidert dieses Lächeln und blickt mir in die Augen.

»Wenn du lächelst, geht die Sonne auf!«, bei meinen Worten errötet ihr Gesicht und das ist genau die Reaktion, die ich hervorrufen wollte. Ich liebe es sie so zu sehen. Ich streiche ihr eine Strähne, die sich aus ihrer Frisur gelöst hat, hinters Ohr, drücke ihr einen Kuss auf die Stirn, nehme sie in den Arm und wünsche mir, dass mein Großvater uns so sehen könnte.

Mich, mit der hübschesten Frau der Welt im Arm, glücklich wie noch nie.

»Warum sind wir hier?«, ihre Stimme klingt belegt, als hätte sie gespürt, dass mich etwas beschäftigt. Ich atme tief ein und bereite mich auf die nächsten Worte vor, die schwer über meine Lippen kommen.

»Mein Großvater ist gestorben.«

Ihr Blick zerreißt mir das Herz. Tränen verlassen ihre Augen und ich merke, wie sie mit mir leidet. Sie spürt denselben Schmerz, den ich in mir trage, dabei macht sie ihn viel erträglicher.

»Es ... es tut mir so leid!«, ihre Stimme gleicht einem Krächzen. Ich muss ihr sagen, was ich fühle, damit sie nicht mehr leidet.

»Mir auch, Babe, mir auch. Aber du bist hier und gibst mir so viel Kraft ... ich kann mir nichts Schöneres vorstellen!«

»Ich werde immer da sein, wenn du mich brauchst!«

»Versprochen?«

»Versprochen!«, mein Lächeln wird breiter und mein Herz schlägt schneller.

Jedes Wort glaube ich ihr.

Wir küssen uns und besiegeln so das Versprechen, das wir uns gegeben haben. Denn ich werde auch immer für sie da sein, wenn sie mich braucht.

Ich kam gut gelaunt in die Küche, wo sich schon alle am Frühstückstisch versammelt hatten.

»Guten Morgen!«, innerhalb von Millisekunden waren alle Gespräche beendet und Augen auf mich gerichtet. Alle schauten verwirrt, nur meine Großmutter sah mich wissend lächelnd an.

»Hast du bis gerade geschlafen?«, meine Mutter fand ihre Sprache als Erstes wieder und hätte nicht erstaunter klingen können. Ich nickte nur, setzte mich an den Tisch und schenkte mir einen Kaffee ein. Das Gerede meiner Brüder, warum ich wieder so anders aussah, überhörte ich gekonnt.

Ich nahm mir zwei Pancakes und trennte ein Stück mit der Gabel ab, doch bevor ich es mir in den Mund stopfen konnte, spürte ich eine Hand auf meiner Schulter. Meine Großmutter stand hinter mir und verteilte Sirup auf meinen Pancakes, so, wie ich es früher immer gemacht hatte.

»Erzählst du mir nach der Beerdigung davon?«, flüsterte sie mir ins Ohr und erinnerte mich so daran, was uns allen heute bevorstand. Ich nickte ihr aufmunternd zu, denn ich wusste, dass ich mich nicht mehr fürchten musste.

Nach dem Frühstück ging ich in mein Zimmer, um mich umzuziehen, so wie alle anderen auch. Ich öffnete den Kleidersack, in dem ich meinen Anzug transportiert hatte, und konnte es nicht fassen.

Er war feucht.

Klamm.

Als hätte ich damit … im Regen gestanden.

Das konnte doch nicht sein.

Ich reagierte sofort, denn mir blieb nicht mehr viel Zeit. Aus dem angrenzenden Bad holte ich den Föhn und versuchte, so gut es ging, den Anzug zu trocknen. Zum Glück funktionierte der Plan und ich konnte mich wenige Minuten später ankleiden. Er war zwar noch etwas Klamm, doch würde das niemand merken. Ich konnte es kaum erwarten, meiner Großmutter davon zu erzählen. Nach der Beerdigung, die mir gestern noch Panik bereitete.

Doch nun wusste ich, dass *sie* bei mir sein würde.

Ja, irgendwie war sie immer bei mir.

Der siebte Traum

»Sollen wir nicht noch ein paar Luftballons aufhängen?«, verwirrt und entsetzt zugleich sah ich Bastian an. Auch Tim schaute nicht anders und warf ihm im nächsten Moment eine Rolle Pappbecher an den Kopf.

»Hast du was geraucht?«

»Ich meine ja nur! Es ist immerhin eine Geburtstagsparty!«, kopfschüttelnd ging ich in die Küche, um die Getränke kaltzustellen. Es war Jörns Geburtstag und wir veranstalteten eine Überraschungsparty für ihn. Natürlich in unserer Wohnung, was mich nicht so sehr begeisterte. Immerhin musste danach irgendwer wieder aufräumen, und da ich Bastian und Tim gut kannte, blieb das Ganze sicherlich an mir hängen. Doch was tat man nicht alles für seine besten Freunde.

Uns blieb noch gut eine Stunde, bis die Gäste ankamen. Jörn war den ganzen Tag mit seiner Freundin unterwegs, die natürlich eingeweiht war und ihn in eineinhalb Stunden in unsere Wohnung locken sollte. Sie war von Anfang an von unserer Idee begeistert und genoss die Geheimhaltung vor Jörn sichtlich.

Nachdem ich alle Getränke im Kühlschrank verstaut hatte, drängelte ich mich im Bad vor und stieg unter die Dusche. Viel Lust zu feiern hatte ich nicht, denn ich hatte seit dem letzten Traum noch schlechter geschlafen als sonst. Auch die Jungs merkten mir das an, doch sie schoben es darauf, dass ich lange kein Groupie mehr flachgelegt hatte. Vielleicht hatten sie damit auch recht, denn mir fehlte der Sex.

Doch ich konnte es nicht mehr.

Schon der Gedanke daran, mit einer anderen Frau intim zu werden, ließ das Gefühl von Fremdgehen und Übelkeit in mir hochkochen. Ich hatte ihr mein Herz, meine Seele ... einfach alles versprochen, warum sollte ich dann meinen Körper einer anderen überlassen?

Ich würde auf sie warten, egal, wie lange es auch dauern möge.

Meine Großmutter, mit der ich mittlerweile viel öfter telefonierte, hatte etwas nachgeforscht, doch die Zeiten, bis die „Seelenpartner" sich trafen, waren immer unterschiedlich. Manche fanden sich schon nach ein paar Monaten, andere brauchten Jahre dafür. Ich hoffte einfach nur, dass das Schicksal uns nicht so lange warten ließ.

Frisch geduscht und gutaussehend wie immer öffnete ich die Tür, um die ersten Gäste reinzulassen. Wir hatten alle eingeladen, die uns auch nur im entferntesten Nahstanden und von denen wir wussten, dass eine Party mit ihnen nur gut werden konnte. Schon nach wenigen Minuten war unsere Wohnung voller Menschen und ich war froh, daran gedacht zu haben, meine Zimmertür abzuschließen. Es wäre nicht das erste Mal, dass sich bei so einer Feier Paare über einen ruhigen Platz inklusive Bett freuten. Es kam auch schon vor, dass ich am Ende der Party ein bis zwei Frauen in meinem Bett vorfand, zu denen ich natürlich nicht Nein sagte, doch mir lag momentan nichts ferner. Der Platz neben mir war für jemand anderen reserviert.

»Wann kommt Jörn?«, Katja, glaubte ich zumindest, stand aufreizend vor mir und fragte mich sichtlich nicht aus Interesse an Jörns erscheinen, sondern um einen Grund zu haben, um mich anzusprechen. Ich schaute auf meine Uhr und sagte ihr, dass er jede Minute auftauchen sollte. Scheinbar war meine Antwort nicht zufriedenstellend genug, denn sie kam näher und schmiegte sich an mich.

»Schade. Wir hätten uns die Wartezeit viel schöner machen können!«, sie leckte sich über die Lippen und lächelte lasziv. Vielleicht war es nicht die netteste Geste, sie von mir zu schubsen und ein verächtliches Geräusch zu machen, aber es war nötig. Bevor sie noch etwas sagen konnte, öffnete sich die Tür. Wie auf Kommando fingen alle an laut zu brüllen, die Musik spring an und Jörn wurde von allen Seiten beglückwünscht. Tim, Bastian und ich standen im Wohnzimmer und sprangen ihm förmlich in die Arme, wobei wir alle auf dem Boden landeten.

»War das eure Idee? Ihr seid vollkommen bescheuert!«, auch als wir ihm aufhalfen, lachte er noch aus vollem Halse und ging zu seiner Freundin, um ein „ernstes" Wort mit ihr zu sprechen, warum sie nichts gesagt hatte.

Die Party war noch im vollen Gange, als ich mich genervt in mein Zimmer zurückzog.

Was war nur mit den Frauen los?

Ich konnte mich keine Minute mit jemandem unterhalten, ohne von der Seite angemacht zu werden. Und darauf stand ich mal?

Seufzend ließ ich mich in mein Bett fallen und wusste schon jetzt, dass ich bei der Geräuschkulisse wohl kaum Schlaf finden würde. Doch alles war besser, als weiterhin diese billigen Flirtversuche zu ertragen. Ich zog mir meine Hose aus, legte mich unter die Bettdecke und presste mir ein Kissen auf die Ohren. Irgendwann würde ich hoffentlich einschlafen.

Ich schaue mich um und weiß sofort, wo ich bin.

Ich stehe im Wohnzimmer meines Babes.

Aber wo ist sie?

Das letzte Mal lag sie auf dem Sofa und ich kuschelte mich an sie, doch das Sofa ist leer. Ich gehe durch den kleinen Flur und schaue in die Küche, doch auch diese ist leer. Allerdings sieht sie anders aus, als das letzte Mal. Die Kartons sind weg, sie ist dekoriert und die Kaffeemaschine steht nun auf einem anderen Platz. Ich kann es kaum erwarten, morgens neben ihr aufzuwachen und uns hier einen Kaffee zu kochen, das Frühstück zuzubereiten, dass ich ihr dann ans Bett serviere.

Doch nun muss ich sie erst mal finden.

Ich öffne die Tür gegenüber der Küche und schaue in ihr Bad, doch auch hier ist sie nicht zu finden. Ein paar Meter weiter befindet sich eine weitere Tür, die ich vorsichtig öffne. Sofort umgibt mich ihr Duft und der Takt ihres Herzens zieht mich in seinen Bann. Ich trete ein und schließe die Tür leise, damit sie nicht wach wird, denn ich möchte sie noch etwas beim Schlafen beobachten und mir jedes Detail ihres schönen Gesichtes einprägen. Plötzlich öffnet sie ihre Augen und schreckt nach oben, sieht mich an und kann es scheinbar kaum glauben, dass ich in ihrem Zimmer stehe. Sie sieht so süß und verschlafen aus, dass ich ein Lächeln nicht unterdrücken kann.

»Ich wollte dich nicht wecken.«

»Warum nicht?«

»Du sahst so friedlich aus. Friedlich und wunderschön.«

Auf ihrem Gesicht zeichnet sich ein Lächeln ab und sie klopft mit der Hand auf die Matratze, um mir zu zeigen, dass ich zu ihr kommen soll. Das lasse ich mir nicht zweimal sagen! Ich gehe auf sie zu, streife mir die Schuhe von den Füßen, lege mich neben sie und ziehe sie in meine Arme. Mit einem kleinen Kuss auf die Stirn, gebe ich ihr zu verstehe, dass genau dieser Moment perfekt ist.

Ich halte mein ganzes Glück in den Armen.

Sie hebt ihren Kopf und sieht mir in die Augen, in denen ich nichts als Liebe lese. Plötzlich sehe ich noch etwas anderes darin, doch bevor ich es benennen kann, liegen ihre Lippen auf meinen und sie küsst mich, als wäre es überlebenswichtig. Sie küsst mich mit so einer Leidenschaft, dass es mich umhauen würde, wenn ich nicht eh schon läge. Sie wird immer verlangender und ich kann spüren, dass sie mehr will. Ich löse mich von ihr und schaue ihr eindringlich in die Augen, denn ich muss wissen, ob es wirklich das ist, was sie will.

»Bist du dir sicher?«

»Ich war mir noch nie so sicher!«, das Verlangen in ihrer Stimme lässt meinen Puls in die Höhe schießen und meine Lippen prallen automatisch wieder auf ihre. Auch mein Körper verselbstständigt sich und ich drehe mich so, dass ich über ihr liege. Ihre Hände fahren sanft über meinen Körper, und als sie diese auf meine bloße Haut unter dem Shirt legt, brennt meine Haut wie Feuer. Doch es ist nicht unangenehm, sondern das Beste, was ich je gefühlt habe. Ihr leises Keuchen bringt mich fast um den Verstand und ich kann ein Stöhnen nicht mehr unterdrücken. Meine Atmung ist genauso unkontrolliert und schnell wie ihre, als hätten wir einen kilometerlangen Marathon hinter uns, und mir ist plötzlich so heiß, dass ich mich aufsetze und mir mein Shirt über den Kopf ziehe. Ich blicke auf sie herunter und sehe, dass sie die Luft anhält. Sie begutachtet jeden Zentimeter meiner freigelegten Haut, doch ihr Blick bleibt an meinem Tattoo hängen. Ich ließ es mir vor zwei Jahren stechen, doch erst, seit ich sie kenne, ergibt es einen Sinn. Ihre Hand erhebt sich und sie streichelt sanft mit ihren Fingerspitzen darüber, was mir sofort eine Gänsehaut beschert.

»Zahme Vögel singen von Freiheit. Wilde Vögel fliegen.«

Sie liest es mit ihrer immer noch belegten Stimme vor und schaut mir in die Augen, als könnte sie in meine Seele sehen.

»Bist du das? Wild und frei?«, ich denke kurz darüber nach, doch die Antwort fällt mir nicht schwer, sondern lässt mich lächeln.

»Nur bei dir, meine Schöne. Ich habe das Gefühl, das ich nur bei dir der sein kann, der ich wirklich bin.«

Tränen steigen in ihre Augen, sie atmet tief durch, und noch bevor ich etwas sagen kann, legt sie ihre Hände in meinen Nacken und zieht mich zu sich. Unser Kuss ist mehr als leidenschaftlich und meine Hände erkunden ihren Körper, so wie es ihre ebenfalls tun. Alles fühlt sich so richtig an und nun gibt es kein Zurück mehr.

Ich berühre den Saum ihres Shirts, will es ihr ausziehen, doch sie setzt sich auf und hilft mir dabei. Als ich sie nur in Bustier und Shorts vor mir liegen sehe, muss ich mein Stöhnen unterdrücken, *aber als sie sich selbst das Bustier über den Kopf zieht und ich ihre perfekte Brust sehe, ist es mir nicht mehr möglich.*

»Du bist atemberaubend schön. Du bist ... perfekt!«, während ich die Worte ausspreche, gleiten meine Lippen über ihre zarte Haut, auf der sich sofort Gänsehaut bildet. Diese Empfindungen in ihr auszulösen ist das schönste Geschenk dieser Welt. Ihre Hände gleiten meinen Bauch herab und umfassen den Saum meiner Hose, die mit meiner Mithilfe schon wenige Augenblicke später auf dem Boden liegt. Während eines weiteren Kusses entkleiden wir uns gegenseitig, sodass kein Fetzen Stoff unsere Körper trennt. Atemlos sehe ich ihr in die Augen, blicke von einem in das andere und frage mich, ob unsere Kinder später auch unterschiedliche Augenfarben haben werden.

Noch nie habe ich darüber nachgedacht, vor allem nicht in einer solchen Situation. Normalerweise gingen meine Gedanken immer in die andere Richtung, zur Verhütung, damit bloß nichts passieren kann, doch bei ihr ist es anders. Ich würde auf der Stelle eine ganze Horde Kinder mit ihr zeugen, wenn ich es könnte. Und ich weiß auch, woran es liegt.

»Ich ... ich liebe dich«, verwundert, dass ich die Worte laut ausgesprochen habe, schaue ich auf sie herab. Tränen stehen in ihren Augen.

Habe ich etwas Falsches gesagt?

»Ich liebe dich auch! Seit der ersten Sekunde, in der ich dich sah!«, ein Kloß bildet sich in meinem Hals und Tränen sammeln sich in meinen Augen. Klar, ich habe schon gespürt, dass sie so fühlt wie ich, doch es aus ihrem Mund zu hören bedeutet mir alles. Ich schlucke den Kloß runter und blinzle die Tränen weg, lege meine Lippen wieder auf ihre, weil ich sie unbedingt spüren muss.

So nah wie möglich.

Ich schiebe meine Hüften leicht nach vorne, sodass ich ihre Hitze an meiner Härte spüren kann. Sanft und vorsichtig, ohne den Kuss zu unterbrechen, dringe ich in sie ein. Sie ist so eng und heiß, dass ich an mir halten muss, nicht zu schnell zu sein. Als ich sie komplett ausfülle, unterbreche ich den Kuss und sehe ihr in die Augen.

»Alles okay? Tut es weh?«, ich erkenne meine Stimme kaum wieder, in der sich Verlangen und Sorge spiegeln, doch sie lächelt mir beruhigend entgegen.

»Es ist perfekt!«

Mit ihren Händen an meinem Rücken zieht sie mich näher zu sich und ich beginne meine Hüften zu bewegen, was uns beide aufkeuchen lässt. Wir finden schnell einen Rhythmus, der uns beide ans Ziel bringen soll. Ihr ganzer Körper bebt und ich bin gefangen von ihrer Leidenschaft. Unsere Orgasmen lassen nicht lange auf sich warten und werfen uns beide so sehr aus der Bahn, dass wir atemlos und mit pochenden Herzen nebeneinanderliegen. Ein Lächeln, das ich wohl nie wieder loswerde, finde ich auch auf ihrem Gesicht und ich fühle nichts als Liebe in mir.

Liebe zu ihr.

»Ich werde dich immer lieben. In jeder Stunde, in jeder Minute, in jeder Sekunde. Bis ans Ende meines Lebens.«

Ihre Augen sind schon geschlossen, als ich ihr einen Kuss auf die Stirn drücke, mich noch näher an sie kuschle und meine Augen ebenfalls schließe.

Hämmernde Geräusche weckten mich aus meinem Schlaf.

Wer machte hier so einen Krach?

Ich öffnete meine Augen und wünschte mir nichts sehnlicher, als mich wieder in ihr Bett zu träumen. Was eine Nacht, was ein Traum, was … eine Frau.

Das nervige Geräusch war nun lauter als zuvor und wurde von einem »Jay!« begleitet. Ich stand auf und ging zu Tür, an die scheinbar jemand geklopft hatte. Als ich sie öffnete, bemerkte ich, dass es nicht „jemand" war.

Vor der Tür standen Tim, Bastian, Jörn und seine Freundin. Alle schauten mich erwartungsvoll an und ich hatte keine Ahnung, was sie von mir wollten.

»Warum macht ihr hier so einen Lärm?«

»Bro, hast du mal auf die Uhr gesehen?«, ich schüttelte mit dem Kopf und sah sie noch immer fragend an.

»Wir haben schon 13:00 Uhr! So lange hast du noch nie geschlafen!«, Bastian trat einen Schritt näher und nahm mein Kinn zwischen Daumen und Zeigefinger, drehte meinen Kopf von links nach rechts und nickte leicht.

»Hab ich´s mir gedacht. Du hast wieder von ihr geträumt, stimmt´s?«, mein Lächeln sagte scheinbar alles und ich ging an ihnen vorbei, auf direktem Weg ins Bad. Duschen wollte ich noch nicht, denn ich konnte ihre Hände noch auf meinem Körper spüren und meine Haut duftete nach ihr. Noch nie zuvor fühlte ich mich so wie in diesem Moment. Der ganze Sex, den ich bisher hatte, konnte mich nicht so befriedigen, wie diese eine Nacht mit ihr.

Wie es wohl sein wird, außerhalb eines Traumes mit ihr zu schlafen?

Hoffentlich musste ich nicht mehr allzu lang darauf warten, denn das, was ich heute Nacht erlebt hatte, wollte ich mein Leben lang haben.

So und nicht anders.

Der achte Traum

Als die Pausenklingel endlich ertönte, machte ich mich so schnell wie möglich auf den Weg in den Pausenraum und versteckte mich vor Sabrina. Sie wurde immer anhänglicher und ich konnte kaum noch einen Schritt auf der Arbeit machen, ohne dass sie es mitbekam. Sie tauchte ständig überall auf, ob es beim Einkaufen oder beim Joggen war, sie lief mir immer „rein zufällig" über den Weg.

Von der Band wurde sie liebevoll meine kleine Stalkerin genannt, da sie bei der Bandprobe oft vor dem Proberaum lauerte. Zum Glück herrschte in unseren heiligen Hallen, zumindest während der Probe, strengstes Frauenverbot. Ich war jedenfalls nur noch genervt davon und egal was ich zu ihr sagte, sie hörte nicht damit auf. Auch die klaren Worte, dass ich eine Freundin hätte, brachten nichts. Immerhin schien sie mich zu beschatten und wusste es somit besser.

Vielleicht sollte ich ihr sagen, dass es diese Freundin momentan nur in meinen Träumen gab. Dann würde sie mich für verrückt halten und schreiend davonlaufen.

Meine Gedanken wurden durch mein vibrierendes Handy unterbrochen, das eine Nachricht von meinem Bruder Shane anzeigte.

Bleibt es bei heute Abend?

Mit einem Lächeln auf den Lippen schrieb ich ihm zurück, dass es dabeibliebe und ich mich schon freute. Ein Abend nur mit meinen Brüdern stand mir bevor. Geplant hatten wir ihn schon vor langer Zeit, doch kam immer wieder etwas dazwischen.

Nach der Pause ging die Arbeit noch schleppender voran, als davor schon, doch wenigstens lief mir Sabrina nicht über den Weg. Auch nach Feierabend ließ sie sich nicht blicken und es hatte den Anschein, dass der Tag doch gar nicht so schlecht war.

***

Falsch gedacht!

Ich war noch keine zehn Minuten in der Bar, als ich Sabrina an der Theke entdeckte. Genervt setzte ich mein Glas Bier an die Lippen und trank es leer. Das konnte jetzt nun wirklich kein Zufall mehr sein. Ich war zum ersten Mal in dieser Bar, die am Ende der Stadt lag, da es nur wenige Gehminuten bis zu Colins Wohnung waren, in der wir heute alle schliefen.

»Was für eine Laus ist dir denn über die Leber gelaufen?«, Shane sah mich fragend an, während er einen Schluck von seinem Scotch nahm. Auch Isaac und Colin schauten nun interessiert.

»Schaut jetzt nicht so auffällig hin, aber meine Stalkerin steht an der Theke.«

Nacheinander ließen sie die Blicke heimlich zu ihr gleiten.

»Du hast eine Stalkerin?«

»Scheinbar schon. Sie schaut die ganze Zeit zu ihm rüber!«, Colin war die Belustigung in seiner Stimme anzuhören, dabei war es eine ernste Angelegenheit. Auch Shane versuchte das Lachen, das seine Kehle hochkroch, zu unterdrücken. Nur Isaac sah mich besorgt an. Durch seine Arbeit bei der Polizei hat er sicherlich schon öfter mit Stalkern zutun gehabt und wusste, dass nicht immer damit zu spaßen war.

»Sie ist eine Kollegin, arbeitet im Büro. Am Anfang war sie nur auf unseren Konzerten zu sehen, irgendwann suchte sie auf der Arbeit immer einen Grund mit mir zu sprechen und mittlerweile läuft sie mir überall über den Weg.«

»Und jetzt? Hast du Angst vor ihr?«, fragte Shane schmunzelnd.

»Angst nicht, nein. Ich bin einfach nur genervt.«

»Früher fandest du es toll, wenn die Frauen dir nachgelaufen sind. Was ist daraus geworden?«, ich schaute Isaac lange in die Augen und überlegte, ob ich ihn von meinen Träumen erzählen sollte. Viel zu verlieren hatte ich nicht, aber vor Shane und Colin, die sich über alles und jeden lustig machten, wollte ich es nicht erwähnen.

»Es gibt da jemanden. Es ist noch nichts ... Festes!«, fast hätte ich mich versprochen, denn für mich war es schon längst etwas Festes, es war nur noch nichts ... Reales.

»Sag uns nicht, dass es dich erwischt hat?«, mit großen Augen sahen alle drei mich an, doch ich nickte nur und konnte mein Lächeln, als ich an sie denken musste, nicht verbergen.

»Mister *ich kenne keine Liebe* hat sich verliebt, wer hätte das gedacht?«, Shane verschränkte seine Hände hinter dem Kopf und lehnte sich schmunzelnd in seinem Stuhl zurück, während die anderen nur ungläubig schauten. Nach wenigen Minuten hatten sie ihre Schockstarre verlassen und löcherten mich mit allen nur möglichen Fragen.

»Wie heißt sie?«

»Kenne wir sie?«

»Ist sie heiß?«

»Hat sie ´ne Schwester?«

So gerne ich ihre Fragen beantwortet hätte, ich konnte es nicht. Ich wusste nichts über sie.

Noch nicht.

Ich stoppte meine Brüder, die sich noch immer im Redefluss befanden, sagte ihnen, dass es noch zu früh wäre, um von ihr zu erzählen und bestellte eine weitere Runde Bier und Scotch. Zum Glück beendeten sie die Fragerunde und wir stießen erneut an. Isaac erzählte uns von der Arbeit, Shane von seiner neuesten Eroberung und Colin zeigte uns Fotos von dem Motorrad, dass er sich als Nächstes kaufen wollte. Es tat gut Zeit mit ihnen zu verbringen und sogar Sabrina war so lange vergessen, bis ich auf die Toilette ging und sie plötzlich vor mir stand. Ich hatte die Klinke der Toilettentür schon in der Hand, da stand sie plötzlich vor mir.

Nah.

Zu nah.

»Elijah ... was ein Zufall!«

Natürlich.

Ein „Zufall".

Ich verdrehte die Augen und drehte mich zur Tür, um ein bisschen mehr Abstand zwischen uns zu bekommen, doch sie ließ nicht locker und kam wieder näher. Mein Geduldsfaden riss und ich musste mich zusammenreißen, nicht laut zu werden.

»Was willst du von mir?«

»Mit dir reden, vielleicht etwas trinken. Wir müssen doch feiern, dass wir uns hier getroffen haben!«, sie kicherte unkontrolliert und das Geräusch verpasste mir Gänsehaut am ganzen Körper. Vor Ekel.

»Hör mir zu. Ich möchte weder mit dir reden, noch etwas mit dir trinken. Ich möchte bloß einen schönen Abend mit meinen Brüdern verbringen und jetzt - verdammt noch mal- endlich auf die Toilette gehen. Verstehst du das?«, mit großen tränenüberfluteten Augen sah sie mich an.

»Du ... du willst aber nur heute nichts mit mir trinken, oder? Wir können ja auch wann anders ...«

»Sabrina! Meine Worte bezogen sich nicht nur auf heute. Es tut mir furchtbar leid, dir das so hart sagen zu müssen, aber du verstehst es ja nicht anders. Zwischen uns ist nicht und es wird auch nie etwas sein. Ich liebe eine andere. Schlag dir deine Wunschvorstellungen aus dem Kopf und such dir ein anderes Opfer, ich habe die Schnauze voll!«, an der Schulter schob ich sie leicht von mir und betrat die Toilette. Auch wenn es nicht der beste Ort dafür war, atmete ich tief durch und hoffte, dass sie es nun verstanden hatte. Ich hätte es ihr zugetraut, dass sie mir sonst bis auf die Toilette gefolgt wäre.

Nachdem ich mich erleichtert hatte, öffnete ich die Tür und schaute von links nach rechts, doch keine Sabrina war zu sehen. Dankbar darüber ging ich zurück an unseren Tisch und blieb wie angewurzelt stehen, als ich sie auf meinem Platz zwischen meinen Brüdern sitzen sah. Das durfte doch nicht wahr sein! Ich ging auf sie zu und wollte sie gerade in die Schranken weisen, als Colin mir zuvorkam.

»Da bist du ja wieder! Wir erzählen Sabrina gerade von deiner Angebeteten!«, er zwinkerte mir zu und lenkte meine Aufmerksamkeit auf Shane, der gerade mit ihr sprach.

»… die beiden sind unzertrennlich und du müsstest mal sehen, wie sie sich angucken. Als Außenstehender kaum auszuhalten!«, er verzog sein Gesicht und Isaac unterbrach ihn.

»Ich finde die beiden süß. Sie passen so gut zusammen, ein perfektes Paar.«

Mein Lächeln wurde immer breiter, während Sabrinas Gesichtszüge entglitten. Sie hätte wohl kaum damit gerechnet, so etwas zu hören zu bekommen und konnte es scheinbar nicht länger ertragen, denn sie stand auf und verließ mit ziemlich schlecht gelaunter Miene die Bar. Auch wenn es nicht die feine Art war, prusteten wir gemeinsam los.

»Danke Jungs, ihr habt was gut bei mir!«

»Natürlich haben wir das. Der Abend heute geht auf dich!«, nickend setzte ich mich wieder hin und bestellte eine weitere Runde. Auf meine Brüder war immer Verlass.

Warum bin ich wieder in der Bar? Lag ich nicht eben noch auf dem viel zu kleinen Sofa meines Bruders? Ich stehe an der Theke und schaue mich um. Der Tisch, an dem ich eben noch mit meinen Brüdern saß, ist leer. Wo sind sie? Ich gehe los und suche sie, doch sie sind nirgends zu sehen. Als ich mich auf dem Weg zu den Toiletten befinde, kommt mir ein Gedanke. Nicht nur meine Brüder waren hier, sondern auch …

… Sabrina.

Plötzlich steht sie wieder vor mir und lächelt mich an.

»Was willst du von mir?«, ich wiederhole den Satz, den ich schon am früheren Abend zu ihr gesagt hatte.

»Ich will dich und ich werde dich bekommen!«, plötzlich streckt sie ihre Hände nach mir aus und will mich berühren, doch ich drehe mich schnell um und will den Rückzug antreten. Ich weiß nicht, wie sie das gemacht hat, aber innerhalb von Sekunden steht sie wieder vor mir und versperrt mir den Weg.

»Sabrina, geh mir aus dem Weg!«, ich schiebe mich an ihr vorbei, doch schon steht sie wieder vor mir. Wie macht sie das?

»Ich will dich und ich werde dich bekommen!«, dieser Satz alleine ist schon ziemlich krank und beängstigend, doch was mir daran so

viel Angst macht, ist, dass er nicht von einer Person gesagt wurde. Ich drehe mich um und sehe Sabrina ... mehrmals. Mit großen Augen sehe ich die ganzen Sabrinas an und habe nur noch eins im Kopf: FLUCHT!

So schnell, wie es mir möglich ist, kämpfe ich mich durch die Verrückten, die immer mehr zu werden scheinen. Immer wieder wiederholen sie den Satz und berühren mich dabei überall. Ich setzte mittlerweile meine Ellenbogen ein, denn ich muss hier raus.

Wie viel habe ich getrunken?

Endlich an der Theke angekommen, sehe ich den Ausgang schon groß vor mir, doch plötzlich verwandeln sich alle Gäste, die trinken, tanzen und Spaß haben, in Sabrina. Die Lautstärke der Musik und der immer gleichen Worte, die sie mir entgegenrufen, ist kaum auszuhalten. Mit zugehaltenen Ohren kämpfe ich mich durch die vervielfachten Sabrinamassen und erreiche die Tür, reiße sie auf und stolpere nach draußen. Nur noch der Bass der Musik ist zu hören und allem Anschein nach, folgt mir niemand. Ich streiche mir mit beiden Händen über mein Gesicht und atme tief durch. So etwas Verrücktes habe ich noch nie erlebt und ich bin nicht scharf darauf, noch mal in so eine Situation zu kommen. Auf einmal höre ich etwas, was meine Nacht besser zu machen scheint.

Ist sie hier?

Ich nehme die Hände von meinem Gesicht und blicke ihr sofort in die Augen. In diese wunderschönen, einzigartigen Augen, in denen ich versinken möchte. Ich kann mein Glück kaum fassen und lächle ihr entgegen, mache einen großen Schritt und schließe sie sofort in meine Arme. Das Gefühl, was mich jedes Mal durchströmt, setzt mich sofort wieder in Flammen.

»Du glaubst nicht, wie sehr ich dich vermisst habe!«, ich spüre ihre Gänsehaut, die sich augenblicklich bildet, als sie meine Stimme hört, und gebe ihr einen Kuss auf die Schläfe, nur um sie danach umso fester in den Arm zu nehmen. Auch sie krallt sich regelrecht an mich und will gerade etwas sagen, als die Tür der Bar geöffnet wird. Panisch löse ich mich von ihr und schaue zur Tür, doch glücklicherweise sind es nur zwei betrunkene, die Arm in Arm die Bar verlassen. Ich nehme ihre Hand und gebe ihr mehrere Küsse darauf.

»Wie sieht's aus, gehen wir ein Stück?«, ihr kleines Nicken und das Lächeln auf ihren Lippen reichen mir, um loszugehen. Sie folgt mir sofort und wir schlendern Händchen haltend die Straße entlang. Es ist das erste Mal, dass ich Hand in Hand mit einer Frau spazieren gehe und es fühlt sich großartig an. Weil es sie ist, die ihre Hand in meine gelegt hat.

»Hattest du Spaß in dem Club?«, ihre Stimme lässt mich kurz freudig erzittern, doch ich fange mich schnell wieder, um ihr zu antworten.

»Spaß kann man das nicht nennen, nein.«

»Du gehst also nicht gerne feiern?«

»Nicht mehr. Ich war früher jedes Wochenende unterwegs, auch gerne mal unter der Woche, aber seit … seit ich dich kenne, ist alles anders.«

Sie bleibt stehen, hält nun meine beiden Hände fest und sieht mich erstaunt an. Natürlich habe ich den Abend mit meinen Brüdern genossen, genauso genieße ich die Zeit mit meinen Freunden, doch sie hat alles verändert. Ich denke nicht mehr daran, jedes Wochenende einen drauf zu machen, sondern mache mir Gedanken um die Zukunft.

Unsere Zukunft.

Noch immer sehe ich ihr in die Augen und mit einem Mal stellt sie sich auf die Zehenspitzen und legt ihre Lippen auf meine. Ganz sanft küsst sie mich, als könnte ich zerbrechen, doch ich brauche mehr. Ich lege meine Hände an ihr Gesicht und vertiefe den Kuss. Ein kleiner Seufzer verlässt ihren Mund und erweckt etwas in mir, was ich seit unserem letzten Traum nicht gespürt habe. Niemand außer ihr, keine Sabrina oder sonst irgendeine Frau, kann diese Gefühle in mir hervorrufen.

Atemlos lösen wir uns voneinander.

»Du bist die Einzige für mich. Wenn ich doch nur wüsste, wo ich dich finden kann …«, ihr kleiner Körper verkrampft sich in meinen Armen und ich habe das Gefühl, etwas Falsches gesagt zu haben.

»Hey, alles okay bei dir?«, die Panik, die ich eben gefühlt habe, ist nichts gegen die Panik, die ich momentan spüre. Irgendetwas stimmt mit ihr nicht und das macht mir Angst. So erschrocken, wie sie mich ansieht, voller Angst und nicht wissend, was los ist … es bricht mein Herz.

»Was ist los?«, wieder zuckt sie zusammen und Tränen sammeln sich in ihren Augen.

»Wovor hast du Angst? Bitte sag doch was!«, ich halte sie fest und schüttle sie leicht, denn ich kann ihr nicht helfen, wenn ich nicht weiß, was mit ihr passiert. Auch in meinen Augen sammeln sich die Tränen, und als ich kurz blinzle, ist sie plötzlich weg. Meine Hände sind noch genau an dem Ort, an dem sie eben noch stand, doch sie ist nicht mehr da. Ängstlich sehe ich mich um, laufe los, suche in jeder kleinsten Ecke, doch sie ist verschwunden.

Was ist ihr nur passiert?

Ich schreckte auf und saß kerzengrade auf dem Sofa.

Wo was sie?

Ich blickte mich um und sah in drei erschrockene Gesichter. Die Gesichter meiner Brüder.

»Bro, ist alles okay bei dir?«, fragend sah ich sie an. Warum machten sie sich um mich Sorgen, wenn es doch meinem Babe schlecht ging?

»Du hast dich auf dem Sofa hin und her gewälzt und geheu … geweint. Wir machen uns Sorgen um dich.«

»Und du siehst auch wieder so anders aus.«

»Zudem hast du länger geschlafen als wir, was sonst nie vorkommt. Sag uns doch bitte, was mit dir los ist!«, meine Brüder schauten mich an und ich merkte sofort, dass es ihnen verdammt ernst war. Es schien an der Zeit zu sein, die Karten auf den Tisch zu legen. Ich wischte mir die Tränen von der Wange und bat um fünf Minuten, um mich zu sammeln.

Nachdem ich mir im Bad das Gesicht gewaschen und mich umgezogen hatte, ging ich zurück ins Wohnzimmer, in dem schon ein heißer Kaffee auf mich wartete. Ich nahm die Tasse an mich und setzte mich zu meinen Brüdern aufs Sofa.

»Könnt ihr mir etwas versprechen, bevor ich euch gleich alles erzähle?«, alle stimmten mir zu und Isaac legte seine Hand beruhigend auf meine Schulter. Ich hatte gar nicht bemerkt, wie nervös ich war und das ich zitterte.

»Ihr dürft Mum und Dad nichts davon erzählen. Und wehe es lacht mich auch nur einer von euch aus!«

»Das tun wir sowieso. Jetzt erzähl schon!«

***

Wieder zuhause angekommen rief ich zuerst meine Großmutter an und berichtete ihr davon, dass meine Brüder nun auch Bescheid wussten. Sie freute sich riesig darüber und ich fühlte mich auch besser. Zuerst hatten sie mir nicht geglaubt, doch als ich unsere Großmutter mit ins Spiel brachte, ging ihnen scheinbar ein Licht auf. Wir redeten noch stundenlang darüber und alle Worte, die sie mir sagten, beruhigten und bestärkten mich.

Meine Brüder standen hinter mir und ich hatte ihr volles Vertrauen.

Dass sie unseren Eltern nichts sagen sollten, hatte nur den Grund, dass meine Mutter sich verrückt machen würde. Sogar meine Großmutter riet mir davon ab und sagte, ich sollte lieber noch etwas abwarten. Sie würden es schon früh genug erfahren. Ich verschwendete auch keinen Gedanken mehr daran, denn diese wurden nur von meinem Mädchen beherrscht. Die Angst konnte ich noch immer in meinen Knochen spüren und die Sorgen, die ich mir machte, waren nicht in Worte zu fassen.

Was, wenn ihr wirklich etwas Schlimmes passiert war?

Wenn ich sie nie wiedersehen sollte?

Ich war verloren.

Der neunte Traum

Sechs verdammte Nächte hatte ich kaum ein Auge zubekommen. Jedes Mal, wenn ich meine Augen schloss, sah ich sie vor mir.

Panisch, voller Angst, nicht wissend, was los ist.

Ich hätte mir nichts mehr gewünscht, als von ihr zu träumen. Sie zu sehen und zu wissen, dass es ihr gut ging, dass sie … lebte. Die Band, meine Brüder und auch meine Großmutter versuchten mir ständig die Angst zu nehmen, doch ich konnte auch ihre Sorgen sehen. Sie hatten ebenso bedenken, hielten diese aber für mich zurück und versuchten ständig mich aufzubauen.

So wie gerade.

Wir standen in unserem Proberaum und packten alles in den Bus, was wir für den heutigen Auftritt brauchten. Die Jungs versuchten die ganze Zeit mich irgendwie auf andere Gedanken zu bringen, mit den unmöglichsten Dingen. Dummen Witzen, irrsinnigen Spielen oder Geschichten ihrer neuesten Eroberungen. Natürlich nur Geschichten, in denen sie sich vor den Weibern blamiert hatte, und damit schafften sie es sogar, mich kurz zum Schmunzeln zu bringen. Ich war für ihr Mitgefühl und die Bemühungen so dankbar, dass ich mir schon überlegte, ein großes Fest zu feiern, wenn ich wieder von ihr träumen würde.

Wenn …

Wie jedes Mal, wenn ich den Gedanken hatte, dass es das letzte Mal gewesen sein könnte, spannte sich mein Körper an und ein Schauder überkam mich. Das durfte es einfach nicht gewesen sein.

»Jay, was ist mit der Kabelkiste?«

»Die habe ich schon in den Bus gestellt.«

Verwirrt sahen sie sich gegenseitig an, um dann ihre Aufmerksamkeit wieder auf mich zu richten. Was war ihr Problem?

»Ehm … Jay?«

»Fuck, was habt ihr?«

»Die Kiste … du hast sie in der Hand!«, ich schaute an mir herab und konnte es kaum glauben. Ich hatte die Kiste doch in den Bus gestellt, da war ich mir sicher! Oder hatte ich es nur vor und bin dann in Gedanken versunken? Nein, ich habe sie auf jeden Fall in den Bus gestellt. Bedeutet das dann, dass ich … in einem Traum war?

Ich stellte die Kiste ab und lief raus, doch alles sah aus wie immer. Ich schaute in die kleine Gasse, ob ich sie da finden würde. Fehlanzeige, dort war sie auch nicht. Schnell lief ich wieder rein und öffnete jede Tür, die ich finden konnte, aber ich fand sie nicht. Das hier war doch ein Traum, oder nicht?

»Jay! Bleib stehen! Was ist denn los mit dir?«, Bastian lief mir hinterher, doch ich konnte nicht stehen bleiben. Ich musste sie finden und ihr helfen. Bei jedem blinzeln sah ich ihr Gesicht. Das Gesicht, das nach Hilfe schrie. Die Hilfe, die nur ich ihr geben konnte.

»Jay!«

Ich kam an die letzte Tür und war mir sicher, dass ich sie dort finden würde. Es war bisher immer die letzte Tür. Ich drückte die Klinke nach unten und rüttelte daran, doch sie ließ sich nicht öffnen. Sie war verschlossen.

»Nein. Nein, nein, nein!«, ich brüllte und rüttelte weiter an der Tür. Irgendwie musste ich sie öffnen.

»Jay! Hör auf mit der Scheiße!«, ich spürte Arme, die sich um meinen Oberkörper schlossen und mich nach hinten zogen, sodass wir beide umfielen. Schlagend und tretend wollte ich mich befreien, denn ich musste sie retten. Plötzlich spürte ich etwas Kaltes in meinem Gesicht und schaute erschrocken nach oben. Tim stand mit einem leeren Glas vor mir und ich konnte mir denken, wo sich die Flüssigkeit momentan befand. Jörn stand ebenfalls dort, doch sein Glas war noch mit einer klaren Flüssigkeit gefüllt. Meine Atmung normalisierte sich wieder und ich fing an zu verstehen.

»Das hier … das ist kein Traum, oder?«, Jörn und Tim schüttelten ihre Köpfe und ich senkte meinen. Mir war es mehr als peinlich, dass sie mich so sehen mussten.

»Kann ich dich loslassen?«, Bastian, der hinter mir saß und noch immer seine Arme um mich geschlungen hatte, ließ diese langsam locker, als ich nickte. Jörn gab mir das Glas und ich trank es in einem leer. Er hielt mir seine Hand hin und half mir auf, so wie es Tim bei Bastian tat, und wir gingen gemeinsam zurück in den Proberaum.

Ich hatte keine Ahnung, was ich sagen sollte, also nickte ich Bastian nur dankend zu. Er schien aber zu verstehen und legte nickend seine Hand auf meine Schulter. Wir brauchten nie viele Worte und auch dafür war ich ihnen dankbar.

»Ich frage dich das ungern, aber … kannst du in diesem Zustand spielen? Ich meine, es ist wirklich keine große Sache den Termin abzusagen.«

»Natürlich kann ich spielen! Vielleicht ist es momentan genau das, was ich brauche. Ein bisschen Ablenkung wird mir guttun, oder?«

»Jay hat recht. Er kann die Ablenkung gut gebrauchen.«

»Dann wäre das geklärt. Lasst uns weiter packen!«, Jörn klatschte in die Hände und jeder machte sich an die Arbeit. Ich ging zu der Kiste mit den Kabeln, nahm sie hoch und stellte sie in den Bus.

Dieses Mal wirklich.

***

In der alten Lagerhalle, die zu einem Club umgebaut wurde, drängelten sich unsere Fans vor die Bühne. In wenigen Minuten sollte es losgehen und in meinen Fingern kribbelte es bereits. Auch die Jungs strahlten diese Vorfreude aus, wie jedes Mal, wenn wir kurz vor einem Auftritt standen. Zwar wurde ich von ihnen beiläufig immer wieder gefragt, ob ich mich gut fühlte, doch sie schenkten mir lange nicht so viel Beachtung, wie ich es gedacht hatte.

Zum Glück.

Wir hatten nicht mehr über den Vorfall am frühen Nachmittag gesprochen, aber ich wusste, dass ich nicht drum herumkommen würde. *Nur nicht heute, nicht jetzt,* wünschte ich mir.

»Und hier sind sie für euch! Everything Changes!«, der Moderator und gleichzeitig Clubbesitzer sagte uns an und die Menge tobte. Alle schrien durcheinander und flippten vollkommen aus. Dieses Gefühl, als wir die Bühne betraten, war unbeschreiblich. Ein Höhenflug, den ich gerne mit ihr …

… nein, ich durfte jetzt nicht an sie denken. Ich musste mich konzentrieren.

Kopfschüttelnd setzte ich mich hinter meine Drums und drehte die Sticks in meiner Hand, was die Menge kreischen ließ. Ich ließ meinen Blick über die Menge schweifen und war kurz davor, mich der Suche nach ihr hinzugeben, als Tim mich rief.

»Jay! Realität! Dein Einsatz!«

Fuck.

Ich zählte das erste Lied an, schloss meine Augen und spielte drauf los. Ließ mich von dem Gefühl leiten und blendete alles andere aus. Die Menschen, das Geschrei, die grellen Lichter … einfach alles, bis auf *sie*. Wieder sah ich ihr Bild vor mir und verspielte mich noch in derselben Sekunde. Schnell fing ich mich wieder, doch ich machte einen weiteren großen Fehler.

Ich öffnete meine Augen.

Und was ich sah, ließ mein Herz für einen kurzen Moment aussetzen.

Lange braune Haare, eine zierliche Figur. Ziemlich weit hinten stand sie, das Gesicht von mir abgewendet. Ich ließ meine Sticks fallen und stand auf, die Jungs hörten ebenfalls auf zu spielen und sahen mich mit einem Ausdruck an, den ich nicht deuten konnte. Die Fans schrien nicht mehr, sondern sahen verwirrt Richtung Bühne, und auch *sie* drehte sich um.

Es war nicht sie.

Es war nicht mein Babe.

Wie konnte ich mich nur so irren? Sie sah ihr kein bisschen ähnlich, die Haare waren viel kürzer, die Figur bei Weitem nicht so perfekt. Sie hatte nicht dieses gewisse Etwas und mein Herz schlug auch nicht schneller, wie es bei ihrem Anblick jedes Mal passiert. Ich fühlte … nichts.

Mit beiden Händen strich ich mir über mein Gesicht und schaute die Jungs entschuldigen an. Meine Lippen formten ein stilles „es tut mir leid" und ich ging von der Bühne.

Was Tim zu den Fans sagte, bekam ich nicht mehr mit, doch schon wenige Minuten später standen meine Jungs hinter mir.

»Es ist okay. Lass uns nach Hause fahren.«

Ich nickte mit gesenktem Blick und ging zu unserem Bus, setzte mich auf die Rückbank und schloss meine Augen.

Ich sitze wieder hinter dem Schlagzeug und die Menschen vor der Bühne feiern ausgelassen. Habe ich eine zweite Chance bekommen? Wenn ja, dann werde ich sie nutzen. Ich nehme meine Sticks und zähle einen Song an. Yellow von Coldplay. Eins meiner absoluten Lieblingslieder. Die Band setzt sofort mit ein und wir spielen, als gäbe es keinen Morgen. Die Fans kreischen, singen mit, tanzen und hüpfen.

So muss es sein.

So viel Spaß auf der Bühne hatte ich seit Langem nicht mehr, und als wir das nächste Lied anspielen, gibt es niemanden mehr, der stillsteht. Das Solo im Song beherrsche ich perfekt und spiele es mit voller Leidenschaft. Den Fans scheint es auch zu gefallen, denn alle brüllen meinen Namen, wollen mehr von mir. Die Jungs machen die Bühne frei und sofort setzt mein Beat ein, der keinen Fuß stillstehen und kein Höschen trocken lässt. Ich spiele mit den Sticks, drehe sie in meiner Hand, werfe sie hoch, sodass alle ausflippen.

Schwer atmend und voller Glückshormone beende ich mein Spiel und schaue mit einem breiten Lächeln in die feiernde Meute. Noch immer schreiben sie meinen Namen und wollen mehr, doch irgendetwas zieht meine Aufmerksamkeit auf mich. Ich halte mir eine Hand an die Stirn, um das grelle Bühnenlicht abzuschirmen, und plötzlich sehe ich sie.

Sie schaut mich an, mit tränenüberfluteten Augen, wird von der Masse immer weiter zurückgedrängt.

»Nein!«, ich laufe sofort los, springe von der Bühne und kämpfe mich durch die Massen. Ich laufe in die Richtung, in der ich sie eben noch gesehen habe, doch sie ist weg.

Ich muss sie suchen.

Es fühlt sich an, als würde ich stundenlang nur planlos und unkontrolliert durch die Gegend laufen, mein Ziel immer vor Augen.

Sie war da.

Sie war mir so nah.

»Wo bist du nur?«

Durch ein Ruckeln wurde ich wach und erschrocken öffnete ich meine Augen. Ich saß noch immer auf der Rückbank des Busses, mit der Stirn an der Scheibe gelehnt. Mein Nacken tat weh und ich setzte mich aufrecht, drehte meinen Kopf mehrere Male von links nach rechts, um die Muskulatur etwas zu entspannen.

»Du hast von ihr geträumt!«, Bastian, der neben mir saß, sah mich mit einem leichten Lächeln auf dem Gesicht an. Nickend sah ich nach vorne und schaute nicht schlecht, als ich das gleiche zufriedene Lächeln auch auf Jörns und Tims Gesicht sah.

»Woher wisst ihr das?«

»Man konnte es sehen. Du hast dich während der Zeit in der du geschlafen hast verändert. Es war … irgendwie gruselig.«

»Auch wenn es sich jetzt kitschig anhört, aber man hat echt viel Liebe in deinem Blick gesehen, Bro!«, Tim, der sich vom Beifahrersitz zu mir gedreht hatte, klopfte mir brüderlich auf mein Bein, während Jörn, der am Steuer saß, laut seufzte und nachfragte, wie der Traum gewesen sei. Ich erzählte ihnen jedes kleinste Detail und entschuldigte mich mehrere Male. Für die Aktion auf der Bühne und den ganzen verdammten Tag.

Doch sie wollten keine Entschuldigungen hören, sondern hatten vollstes Verständnis für meine Situation.

Jetzt jedenfalls konnte man ihnen anmerken, dass auch ihnen ein Stein vom Herzen gefallen war.

Sie war in meinem Traum.

Sie lebte.

Der zehnte Traum

Drei kleine Worte.

Manchmal brauchte es nicht mehr, um einen Tag besser zu machen.

»Es gibt Pizza!«, jubelnd lagen Tim, Bastian und ich auf unseren Sofas, als Jörn mit der guten Nachricht durch die Tür kam. Den ganzen Tag hatten wir im Studio verbracht und endlich ein paar eigene Songs aufgenommen. Mein Fauxpas von unserem letzten Auftritt war vergessen und die Fans, nachdem Tim ihnen gesagt hatte, dass es mir nicht gut ging, waren uns nach wie vor treu geblieben.

Vorgestern kam dann der Anruf, der alles bisher Dagewesene in den Schatten stellte.

Wir wurden entdeckt und bekamen endlich die Chance, auf die wir so lange gewartet hatten.

Noch am selben Abend trommelten wir all unsere Lieben zusammen und gaben ein Konzert in unserem Proberaum, auch ausgewählte Fans durften kommen. Danach ließen wir ordentlich die Korken knallen und gäbe es nicht dieses kleine Geheimrezept meines Großvaters, hätten wir wohl heute noch einen Kater. Jedenfalls hatten wir den Spaß unseres Lebens, als wir endlich in dem Aufnahmeraum eines echten Studios standen und zeigen konnten, was wir wirklich draufhatten. Alle waren begeistert und lobten uns, dankten uns für das Vertrauen in die Agentur.

Nun lagen wir völlig ausgelaugt vor dem Fernseher, auf dem irgendein Actionfilm lief, dem keiner von uns Beachtung schenkte.

»Ich kann das noch gar nicht glauben. Der ganze Tag kommt mir so unwirklich vor … wie im Traum!«, Jörn biss ein großes Stück Pizza ab und bekam gar nicht mit, wie Bastian, Tim und ich uns ansahen und losprusteten.

»Bro, jetzt fang du nicht auch noch an zu träumen! Dass einer von uns in seiner Traumwelt lebt, reicht ja wohl völlig!«, ich hielt mir den Bauch und kriegte mich nicht mehr ein, doch als Tim das letzte Stück Pizza nehmen wollte, überwog mein Kampfgeist und der Futterneid. In einem Handgemenge erkämpfte ich mir das Stück und ließ es mir auf der Zunge zergehen.

»Ich habe euch übrigens noch was zu erzählen!«, Tim stellte sein Bier auf den Tisch und wir sahen ihn erwartungsvoll an. Seine plötzlich so ernste Miene ließ mich zweifeln.

»Sabrina, die kleine Stalkerin, ihr erinnert euch?«, gleichzeitig nickten wir und warteten gespannt darauf, was er uns zu sagen hatte. Schon am ersten Arbeitstag nach dem Abend in der Bar setzte sie sich im Pausenraum neben mich und ich befürchtete, dass sie es noch immer nicht verstanden hätte. Doch sie entschuldigte sich bei mir und versicherte mir, dass sie mich nun in Ruhe lassen würde. Ich hatte ihr zuerst nicht geglaubt, doch sie war auch die Tage danach immer freundlich zu mir, aber keinesfalls aufdringlich.

»Ich habe sie nach unserem letzten Konzert getroffen und wir haben uns kurz unterhalten. Naja, was soll ich sagen ... wir haben morgen ein Date.«

Mit offenen Mündern starrten wir ihn an, während er unsere Blicke mied, seine Flasche nahm, und daraus trank. Jörn fand seine Stimme zuerst wieder.

»Und du bist dir sicher, dass es nicht ein Versuch von ihr ist, näher an Jay ranzukommen?«, er sprach das aus, was wir wohl alle dachten.

»Ich weiß es nicht, aber ich werde es herausfinden. Wenn ihr nichts dagegen habt?«, er stellte die Frage zwar an alle, doch er sah mich dabei an.

»Natürlich haben wir nichts dagegen. Pass bitte nur auf, okay?«, er nickte mir zu und wir stießen mit unseren Flaschen an. Tim war nicht dumm und würde schon rausbekommen, ob sie nur mit ihm spielte oder es ernst meinte.

Als mein Handy klingelte und ich den Namen meines Bruders darauf las, entschuldigte ich mich kurz und ging in mein Zimmer.

»Shane, was geht ab?«

»Unsere Mutter geht ab!«, schmunzelnd warf ich mich auf mein Bett und war gespannt, womit sie ihn dieses Mal auf die Palme brachte.

»Sie will, dass ich mit ihr und Dad in den Urlaub fahre!«

»Und was ist daran so schlimm?«

»Denkst du etwa sie macht das ohne Hintergedanken? Sie hat gerade erfahren, dass die Tochter ihrer Bekannten auch mitfährt und meinte, dass ich sie ja mal kennenlernen könnte!«

»Ich verstehe noch immer nicht, was so schlimm daran sein soll.«

»Ich war nur ihre zweite Wahl! Sie hat Colin zuerst angerufen und der saß zufälligerweise gerade neben mir. Als sie aufgelegt hatten, dauerte es keine Minute, da klingelte mein Handy!«, ich konnte ein Lachen nicht mehr unterdrücken und prustete los, bis ich von einem weiteren eingehenden Anruf unterbrochen wurde.

»Moment, ich werde angerufen. Bleib in der Leitung.«

Ich nahm den Anruf an und mir verging das Lachen.

»Elijah, Schatz. Hier ist Mum.«

»Hey, Mum. Bleibst du kurz dran? Ich habe noch einen anderen Anruf in der Leitung!«, ich wartete ihre Antwort nicht ab und schaltete wieder zu Shane.

»Es ist Mum.«

Kurz herrschte Stille am anderen Ende, bis plötzlich Shane und auch Colin in hysterisches Gelächter verfielen.

»Ich muss Schluss machen, wir hören uns!«

»Bis bald, dritte Wahl!«, augenverdrehend legte ich auf und nahm so automatisch das Gespräch mit meiner Mutter wieder an.

»So, da bin ich wieder.«

»Wer war denn dran?«

»Nicht so wichtig. Was gibt's?«

»Du weißt ja, dass wir in den Urlaub nach Venedig fahren, oder?«, natürlich wusste ich das. Immerhin erinnerte sie uns in unserer Familien-Nachrichten-Gruppe fast täglich daran, dass wir in dieser Zeit ihre Blumen gießen sollten. Dabei hatte keiner von uns einen grünen Daumen und

sie musste sich bisher nach jedem Urlaub neue Pflanzen kaufen.

»Wie könnte ich das vergessen?«

»Elijah Jay Cunningham! Verdrehst du noch einmal deine Augen, während du mit mir sprichst, kannst du dein Lieblingsessen beim nächsten Familientreffen vergessen!«

»Wie …?«

»Mütter hören so etwas. Zurück zum Thema! Hast du Lust uns zu begleiten? Die Tochter unserer Freunde wird auch mitfahren und …«

»Sorry, Mum, aber ich kann nicht. Wir haben erst heute unsere ersten Songs aufgenommen und die nächsten Wochen werden stressig sein.«

»Wirklich schade, wir haben schon so viel Gutes über sie gehört. Ich melde mich morgen wieder, okay?«

»Mach das. Und grüß Dad von mir!«, schmunzelnd legte ich auf und schrieb eine Nachricht an Isaac.

Achtung! Kupplungsversuch von Mum! Du bist die letzte Wahl!

Ich streckte mich einmal komplett aus und wollte wieder aufstehen, um mit den Jungs noch ein Bier zu trinken, doch ich konnte nicht. Mein Körper wurde schlaff und mein Kopf sagte mir, dass es an der Zeit war, zu schlafen. Ich schloss meine Augen und driftete langsam weg.

Gibt es etwas Schöneres, als von ihrem Herzschlag geweckt zu werden?

Mit ihrem blumigen Duft in der Nase aufzuwachen?

Sie im eigenen Zimmer stehen zu sehen?

Nein, ich kann mir kaum etwas Schöneres vorstellen. Vielleicht sie jetzt neben oder unter mir zu haben, aber das lässt sich schnell ändern.

»*Gefällt dir, was du siehst?*«, *erschrocken dreht sie sich von meinen Schallplatten weg und sieht mich an. Jeden Zentimeter meiner Haut scheint sie zu begutachten und ich sehe das Feuer in ihren Augen lodern.*

»*Und wie!*«, *mehr brauche ich nicht zu hören und ziehe sie mit einem Ruck in mein Bett, ganz nah neben mich, und lege meinen Arm um ihre Taille.*

»*Hey Babe. Schön, dass du mich auch mal besuchst!*«, *schockiert und gleichzeitig lachend boxt sie mir gegen die Brust, was mit ihren dünnen Ärmchen eher einem Streicheln gleicht.*

»*Was soll das denn heißen? Du kannst es genauso wenig beeinflussen wie ich … oder?*«, *nun werden ihre Augen groß und ich sehe Unsicherheit in ihnen, was mir überhaupt nicht gefällt.*

»*Glaub mir, wenn ich es könnte, wäre ich jede Nacht in deinem oder du in meinem Bett!*«, *sofort entspannt sie sich wieder, legt ihre Hände in meinen Nacken und küsst mich. Erst, als wir beide nach Luft schnappen müssen, trennen sich unsere Münder voneinander.*

»*Ich habe dich vermisst, Jay!*«, *ihre Augen glänzen und ich will ihre Lippen …*

… Moment. Was hat sie da gerade gesagt?

»*Sag das noch mal!*«, *ich halte mein Ohr ganz nah vor ihren Mund und schließe meine Augen, was sie zum Lachen bringt.*

»*Ich habe dich vermisst, Jay!*«

»Der Klang deiner Stimme gemischt mit meinem Namen. Das könnte ich mir den ganzen Tag anhören.«

Schamesröte steigt ihr ins Gesicht und sie dreht ihren Kopf zu meinen Schallplatten. Gerade, als ich ihr Kopf wieder in meine Richtung ordern will, damit ich sie weiterhin angucken kann, fängt sie an zu sprechen.

»Hast du sie alle gehört?«

»Ausnahmslos.«

»Beeindruckend!«, sie sagt das mit so viel Begeisterung, dass ich es ihr sofort abkaufe. Mir war von Anfang an klar, dass sie meine Leidenschaft für Musik spüren würde.

»Irgendwann hören wir sie uns gemeinsam an.«

Ich ziehe sie noch näher an mich und schaue ihr tief in die Augen, muss ihr einfach meinen Wunsch offenbaren.

»Ich wünschte, du wärst …«, … bei mir. Ich kann den Satz nicht beenden, denn sie fängt im selben Moment an zu sprechen und ich möchte hören, was sie zu sagen hat.

»Ich wünschte, du wärst real …«, erschrocken sehe ich sie an und genauso schaut sie zurück. Plötzlich verschwindet sie und ich liege wieder alleine in meinem Bett, den Mund vor Entsetzen weit geöffnet.

Sie weiß es noch nicht.

Sie denkt noch immer, dass ich nur ein Traum bin.

Fuck.

Mehr fiel mir dazu nicht ein.

War das vielleicht der Grund, warum wir uns noch nicht gefunden hatten? Musste sie erst verstehen, dass ich real war und nicht bloß ein Traum?

Ich roch an meinem Kissen, das noch immer nach ihr duftete, stand auf, zog mir sofort meine Trainingssachen an, machte mich kurz frisch und fuhr auf direktem Weg ins Fitnessstudio. Irgendwie musste ich ihr doch klarmachen können, dass ich eine reale Person war.

Nur wie?

Ich konnte die Träume nicht kontrollieren oder beeinflussen. Sonst hätte ich sie schon längst nach ihrem Namen und ihrer Adresse gefragt. Apropos Namen …

Woher kannte sie meinen?

Wenn ich nur daran dachte, wie es sich anhörte, als sie ihn aussprach, bekam ich sofort eine Gänsehaut. Wie sie meine Musiksammlung betrachtet hat und spürte, dass Musik alles für mich war. Nein, sie war nicht mehr alles, denn nun gab es sie. Sie ließ mich das fühlen, was auch Musik in mir auslöste.

Vielleicht sollte ich mich einfach mit der Situation abfinden und abwarten, die Träume genießen und dem Schicksal seinen Lauf lassen.

Bis wir uns finden.

Der elfte Traum

Ich drehte den Schlüssel um und öffnete die Tür. Schon stand ich in dem Flur, in dem ich als Kind so viel Zeit verbracht hatte. Wer nicht brav war, kam in den Flur und durfte sich mit dem Sortieren der Schuhe beschäftigen, während er über sein Handeln nachdachte. Es gab kaum einen Moment, in dem niemand im Flur stand. Ich setzte meinen Weg fort und ging auf direktem Weg in den kleinen Vorratsraum, in dem sich auch die Gießkanne befand. Heute war ich an der Reihe, die Blumen meiner Eltern zu gießen. Nach einem langen Arbeitstag hätte ich mir wirklich Schöneres vorstellen können, doch da wir alle die Befürchtung hatten, dass unsere Eltern uns irgendwie beschatteten, machte ich lieber, wonach sie verlangten.

Wir hatten uns schon genug Ärger damit gemacht, dass niemand von uns mit ihnen in den Kuppelurlaub gefahren war.

Ich schaltete das Licht in der Küche an und ging zur Spüle, stellte die Gießkanne unter den Wasserhahn und drehte diesen auf. Während das Wasser plätscherte, schaute ich aus dem Fenster und beobachtete die alte Frau Greißner dabei, wie sie ihren Dackel hinter sich her schleifte. Sie war unsere direkte Nachbarin und hatte viel mit uns mitmachen müssen. Von Eierwurfangriffen bis hin zu gesprengten Briefkästen ... alles war dabei gewesen. Die Gießkanne lief über und ich stellte das

Wasser ab, machte mich sofort an die Arbeit, um nach Hause in mein Bett zu kommen. Es war schon spät und meine Müdigkeit ließ mich kaum noch klar denken.

Nachdem ich alle Pflanzen ertränkt und die Gießkanne wieder an ihren Platz gestellt hatte, gönnte ich mir eine kurze Pause und legte mich in mein altes Zimmer, das noch immer so aussah, wie ich es verlassen hatte. Ich konnte mir einfach nicht vorstellen, jetzt nach Hause zu fahren, denn meine Augen fielen immer wieder zu. Irgendwann hörte ich auf, gegen den Drang, sie offenzuhalten, anzukämpfen …

Eigentlich leide ich nicht unter Klaustrophobie, aber wirklich wohl fühle ich mich nicht in meiner Situation. Ich stehe in der Mitte eines kleinen Raumes, keine Fenster, keine Türen, nichts. Nur Wände, eine Decke und eine Lampe.

Ganz toll.

Da abwarten und Nichtstun nicht gerade zu meinen Stärken zählt, gehe ich auf die erste Wand zu und klopfe dagegen. Sie scheint sehr stabil zu sein, mit purer Muskelkraft kann ich sie sicherlich nicht zu Fall bringen. Auch die anderen Wände sind nicht aus Styropor, also bleibt mir nichts anderes übrig, als mich mit der Situation abzufinden.

Doch plötzlich höre ich etwas.

»Hallo?«, ich bin nicht alleine! Sofort lege ich mein Ohr an die Wand, aus deren Richtung ich die Stimme gehört habe.

»Hallo? Hört mich jemand?«, Jackpot. Es ist nicht irgendwer, es ist mein Mädchen.

»Babe?«

»Jay? Bist du da?«

»Ja, ich stehe in einem leeren Raum.«

»Ich auch. Hast du eine Tür?«

»Nein, hast du ein Fenster?«

»Nein.«

Ich raufe mir die Haare und atme tief durch. Sie ist mir so nah, dass ich sie fast spüren kann, doch ich muss sie sehen und sie anfassen können.

»Jay … ich …«, ihre Stimme bricht und mein Herz bricht mit. Mein Babe hat etwas auf der Seele und traut sich scheinbar nicht, es auszusprechen.

»Was ist los, Babe?«, ich lehne meinen Kopf gegen die Wand und habe das Gefühl, ihr so etwas näher sein zu können.

»Ich mache mir Sorgen. Sprich bitte mit mir!«

»Jay … ich bin real.«

Mein Herz setzt einen Schlag aus und ich beiße mir auf die Lippe, um nicht laut loszujubeln.

»Ich weiß. Ich weiß es schon lange.«

»Bist … bist du real?«, da war sie, meine Chance. Die Chance, auf die ich die letzten Tage immer wieder gehofft hatte.

»Ja, Babe, das bin ich. Und ich verspreche dir eins; ich werde dich finden und nie wieder gehen lassen!«, ich kann praktisch spüren, wie eine Last von ihren Schultern fällt, und bin mehr als glücklich darüber. Doch nicht nur die Last fällt, sondern auch die Wand beginnt zu bröckeln. Der Putz rieselt auf mich nieder und der ganze Raum scheint zu vibrieren.

Ich muss sie warnen!

»Geh so weit von der Wand weg, wie du nur kannst, dreh ihr den Rücken zu und halt dein Gesicht bedeckt!«, sie antwortet mir

nicht und ich kann nur hoffen, dass sie mich gehört hat, bevor ich
mich selbst in Sicherheit bringe. Mit dem Rücken an die Wand
gepresst schaue ich mir an, wie die Wände in sich zusammenfallen
und den Blick auf mein wunderschönes Babe freigeben. Mit den
Händen schützend vor dem Gesicht steht sie in der Ecke und atmet
schwer. Ich kann ihre Angst förmlich riechen und mache mich sofort
auf den Weg, um ihr diese zu nehmen. Meine Arme umschließen
ihren kleinen Körper und ich gebe ihr einen Kuss auf die Schläfe.
Glücklich schaut sie sich um und legt ihre Hände auf meine Arme.

»Wie hast du das gemacht?«, sie dreht sich um, sieht mich an
und mein ganzer Körper verlangt nach ihrer Liebe.

»Das war ich nicht. Es ist einfach so passiert. Ob das ein gutes
Zeichen ist?«, lächelnd legt sie ihre Arme um meinen Hals und
zieht mich näher zu ihr.

»Das ist ein sehr gutes Zeichen!«, ich kann nicht anders und
presse meine Lippen auf ihre. Sanft und weich empfangen sie mich
und ich habe das Gefühl, dass ich ihre Lippen bald richtig spüren
kann.

Orientierungslos schaute ich mich um und hatte das
Gefühl, als wäre ich in der Zeit zurückgereist. Warum lag
ich in meinem Kinderzimmer?

Natürlich … die Blumen, meine unendliche Müdigkeit
und mein bequemes, aber mittlerweile viel zu kleines
Bett. Ich nahm mein Handy aus der Hosentasche und
schaute auf die Uhr, die mir anzeigte, dass wir schon
Mittag hatten. Wieder hatte ich stundenlang geschlafen
und fühlte mich erholt wie noch nie.

Doch die Erholung hatte ich nicht dem Schlaf zu verdanken, sondern ihr. Endlich wusste sie, dass es mich wirklich gab. Es war der schönste Traum, den ich bisher erleben durfte, denn für mich konnte es kein größeres Zeichen geben.

Ja, jetzt musste ich wirklich nur noch warten.

Ich machte mich auf den Weg nach Hause, denn ich musste unbedingt meinen Jungs davon berichten und ihnen sagen, dass es nun so weit war.

Warum ich mir so sicher mit der Annahme war?

Vielleicht … Intuition?

Zu Hause angekommen riss ich die Tür zu unserem Wohnbereich auf, was Tim und Bastian aufschrecken ließ. Sofort erzählte ich ihnen jedes noch so kleine Detail und sie hörten mir gespannt zu, waren ebenfalls der Meinung, dass es ein Zeichen war. Sie wollten mich überreden, heute Abend mit ihnen darauf anzustoßen, doch ich hatte keine Lust. Ich war noch viel zu aufgewühlt und musste immerhin meiner Großmutter und meinen Brüdern noch davon berichten.

Heute hatte sich etwas geändert.

Wie viel es sein sollte, wusste ich zu diesem Zeitpunkt jedoch nicht.

Gegenwart

»Mum?«

»Hallo mein Schatz! Was ist denn ...«

»Wer ist das Mädchen auf dem Foto?«

»Das ist Sophie, die Tochter von ...«

»Ihre Augen ... haben sie verschiedene Farben?«

»Ja, blau und grün. Woher ...«

»Egal, ich ... ich melde mich!«

Als ich den roten Punkt drückte, um das Gespräch zu beenden, merkte ich, wie mir eine Träne über die Wange lief.

Ich hatte sie gefunden.

Mein Babe.

Meine *Sophie*.

Mit einem lauten freudigen Schrei sprang ich auf und rannte in die Küche, um mein Tablet zu holen und sofort den nächsten Flug zu buchen. Während die Seite aufgebaut wurde, schrieb ich eine Nachricht an alle, die Bescheid wussten, außer meiner Großmutter. Sie würde ich persönlich anrufen.

Sofort fand ich einen Flug, der schon in den frühen Morgenstunden starten sollte, und buchte einen Platz, als auch schon mein Handy klingelte. Isaac rief an, und wie ich feststellte, waren auch meine anderen Brüder in der Leitung. Ich erzählte ihnen, was gerade alles passierte und sie konnten es genauso wenig glauben wie ich. Shane bot mir an, mich zum Flughafen zu fahren und ich war sehr dankbar darüber. Ich war so aufgeregt und nervös, dass ich mich nicht hinter ein Steuer setzen sollte.

Keine zwei Minuten, nachdem ich aufgelegt und bereits begonnen hatte meine Koffer zu packen, stürmten Bastian, Tim und Jörn durch die Tür. Sie rannten mich um, sodass wir alle auf dem Boden landeten und gemeinsam lachten.

Wir setzten uns auf, ich zeigte ihnen das Foto und sie staunten nicht schlecht. Sie war einfach eine außergewöhnliche Schönheit. Nachdem ich auch ihnen jedes Detail erzählt hatte, rief ich meine Großmutter an und packte weiter meine Koffer. Sie war ganz aus dem Häuschen und konnte nicht mehr aufhören zu weinen. Ich musste ihr versprechen, dass wir sie bald zusammen besuchen kommen würden, was ich liebend gerne tat.

Als ich alles gepackt und vorbereitet hatte, schmiss ich mich auf mein Bett und sah mir das Foto ein weiteres Mal an, so wie schon den ganzen Abend. Dass ich heute Nacht kein Auge zubekam, war mir klar, doch ich wusste, dass ich danach nie wieder schlecht schlafen würde.

Mit ihr in meinen Armen.

Mit ihr in meinem Leben.

***

Das Taxi hielt vor dem Ferienhaus meiner Eltern, das ich sofort von den ganzen Bildern erkannte, die sie uns in den letzten Tagen geschickt hatten. Ich schmiss dem Fahrer das Geld regelrecht in die Hände, denn ich hatte keine Zeit zu verlieren. Jede Sekunde, die ich nicht bei ihr sein konnte, jeder Meter, der uns voneinander trennte, schmerzte.

Mit meinem Koffer in der Hand stand ich vor der Tür und klingelte Sturm, doch niemand öffnete. Ich schaute durch die Fenster, doch alles sah unbewohnt aus. Wo waren sie?

Plötzlich hörte ich ein lautes Lachen, wie es nur von meiner Mutter stammen konnte. Sie lachte nicht alleine, denn ich hörte noch mehr Stimmen und folgte ihnen. Ich ging um das Nachbarhaus und entdeckte sie auf der Terrasse. Meine Eltern saßen mit einem Glas Wein in der Hand an einem kleinen Tisch, zwei weitere Personen saßen bei ihnen.

Ob das ihre Eltern waren?

Ich ließ meinen Koffer fallen und eilte auf sie zu.

»Wo ist Sophie?«, alle schreckten zusammen und sahen mich verwirrt und erschrocken an.

»Elijah, was machst du hier?«

»Ich erkläre es euch später. Bitte … ich muss wissen, wo sie ist!«, mit Tränen in den Augen stand ich vor meiner Mutter, die mich besorgt musterte. Die Angst, dass sie vielleicht gar nicht mehr da war, machte sich in mir breit. Nein, ich durfte sie nicht verpasst haben.

»Sie ist spazieren gegangen. Ich kann dir nicht sagen, wo sie ist.«

Ein Kloß bildete sich in meinem Hals und ich atmete zitternd aus.

»Aber ich weiß, wo sie sein könnte!«, ihr Vater stand auf und stellte sich vor mich. Prüfend und etwas verwirrt sah er mich an, doch dann nickte er mir zu. Er erklärte mir den Weg zu einer Brücke, die sie als Kind immer besuchte und ich machte mich sofort auf den Weg. Ich rannte um mein Leben, um zu meinem Leben zu kommen, konnte sie mit jedem Meter mehr spüren, und schon nach wenigen Minuten erreichte ich mein Ziel.

Völlig außer Atem starrte ich auf das Bild, was sich mir bot.

Sophie, *meine* Sophie, stand, gekleidet in einem weißen, bodenlangen Kleid, engelsgleich an der geschwungenen Brüstung und wurde von der Sonne angestrahlt. Mein Herz schlug mir bis zum Hals und ich wollte gerade etwas sagen, da drehte sie sich schon zu mir. Ihre Augen wurden groß und füllten sich mit Tränen.

»Du … wie …«, langsam ging ich auf sie zu, doch unterbrach unseren Augenkontakt nicht. Das konnte ich gar nicht, denn ihre Augen schienen mich zu hypnotisieren. Plötzlich schien sich auch ihre Starre zu lösen und sie kam mir entgegen. Immer schneller gingen wir aufeinander zu, bis unsere Hände sich berührten und ich sie in meine Arme zog. Alles, was ich bisher in den Träumen gespürt hatte, war nichts gegen das, was ich gerade fühlte.

»Ist das ein Traum?«, schluchzend schmiegte sie sich noch näher an mich und ich küsste ihren Scheitel, legte eine Hand in ihren Nacken und sah sie an.

»Nein, Babe. Ab heute leben wir unseren Traum!«, und dann legte ich meine Lippen auf ihre und schmeckte zum ersten Mal die pure Liebe.

Epilog

Sophie

Fünf Jahre später ...

»Babe?«, Elijahs Stimme hallte durch unser Treppenhaus nach oben. Ich streckte den Kopf aus unserer Schlafzimmertür und sah ihn am Treppenansatz stehen.

»Bringst du bitte Monas Teddy mit?«, er strahlte mich an und ich konnte das Lachen nur erwidern. Wie jedes Mal, wenn ich ihn ansah, sprühte alles vor Liebe. Einer Liebe, die keiner nachvollziehen konnte.

Seit wir uns vor nun fast genau fünf Jahren fanden, war so viel passiert. Ich kann mich noch daran erinnern, als wäre es gestern gewesen, dass wir auf dieser kleinen Brücke in Venedig standen, auf der wir uns genau ein Jahr später sogar das Jawort gaben. Schon am Morgen dieses besagten Tages wusste ich, dass etwas anders sein würde. Ich nahm das weiße Kleid aus meinem Schrank, zog es an, und es fühlte sich zum ersten Mal richtig an, es zu tragen. Das Gefühl, dass etwas passieren würde, verfolgte mich den ganzen Tag, und als ich alleine mit meinen Gedanken an ihn auf der Brücke stand, wusste ich es schon, bevor ich mich zu ihm drehte.

Ich fühlte ihn.

Ich fühlte seine Anwesenheit, seine Nähe.

In dem Moment, als wir uns sahen, berührten und küssten, fing unser Leben an. Wir gingen gemeinsam zurück zu den Ferienhäusern und erzählten unsere Geschichte, die unsere Eltern unter vielen Tränen und Umarmungen kaum glauben konnten. Es war etwas ganz Besonderes, von ihm zu hören, wie er die Träume erlebt hat. Zudem konnten wir endlich klären, warum die Träume so oft unterbrochen wurden.

Was das Phänomen hinter unserem Kennenlernen war, hatten wir bis heute nicht rausgefunden. Alles, was wir wussten, hatte uns Elijahs Großmutter erzählt und es reichte uns. Viel wichtiger war doch, dass wir uns hatten.

Und Mona.

Mona Aisling Cunningham, unsere atemberaubende Tochter, die uns seit drei Jahren das Leben noch schöner machte und immer und überall ihren Teddy vergas. Ich ging in ihr Zimmer und nahm ihn in die Hand, genauso wie ihren kleinen gepackten Koffer. Wie jedes Jahr fuhren wir an unserem Hochzeitstag nach Venedig und verbrachten ein paar entspannte Tage, bevor der Alltag uns wiederhatte. Ein Alltag, den ich gegen nichts in der Welt eintauschen wollte. Während ich mich zu Hause um Mona kümmerte und nebenbei als Übersetzerin tätig war, kam Elijah seiner Leidenschaft nach. Er spielte nicht nur weiterhin in seiner Band, mittlerweile produzierte er auch Musik und das sehr erfolgreich. Auch Onkel Coli, Onkel Isi und Onkel Shany, wie Mona sie liebevoll nannte, hatten es bis ganz nach oben geschafft. Colin war einer der angesehensten Fotografen, Shane hatte mittlerweile sein Studium in Medizin abgeschlossen und Isaac hatte es bis zum leitenden Polizeidirektor geschafft.

»Mama, hast du Aisling?«, meine Tochter sah mich mit ihren großen Augen an, die denen ihres Vaters glichen, und streckte ihre Arme nach dem Teddy aus. Mit großen Buchstaben war ihr Zweitname auf die Brust des Teddys gestickt, denn es bedeutete „Traum“. Einen passenderen Namen hätte unsere Kleine wohl kaum bekommen können.

»Sind meine Frauen bereit für die Abreise?«, Elijah schlang seine Arme von hinten um mich und drückte mir einen Kuss auf den Scheitel, der mir Gänsehaut am ganzen Körper bescherte. Mona nickte und lief jubelnd zum Auto, dieses Mal mit Teddy im Arm. Ich drehte mich in Elijahs Armen um und sah ihm in die Augen, in denen ich mich jedes Mal verlor. Dieser Urlaub sollte ein ganz besonderer für uns werden, denn wir fuhren nicht zu dritt, sondern zu viert hin. Doch davon wusste mein Traummann noch nichts, was mich wieder schmunzeln ließ.

»Bin ich der Grund für dieses wunderschöne Lächeln?«, mit einer hochgezogenen Augenbraue sah er mich an und lächelte zurück. Es fiel mir wirklich schwer, ein Geheimnis vor ihm zu haben, doch er sollte es an dem Ort erfahren, an dem wir unsere schönsten Erinnerungen gesammelt haben.

»Träum weiter!«, mit ausgestreckter Zunge löste ich mich von ihm und ging zum Auto, während er mir laut lachend folgte.

Er war der Grund für alles Gute in meinem Leben.

Er war mein wahrgewordener Traum.

Ende

Danksagung

Es gibt so viele Leute, denen ich danken möchte. Zuerst natürlich allen, die meine Bücher lesen und lieben, sie weiterempfehlen und mir Rezessionen schreiben, die mir die Tränen in die Augen treiben. Ohne euch würde das Schreiben lange nicht so viel Spaß machen.

Danke Helen und Kathi, für eure Ehrlichkeit und die Verbesserungen, die ich immer gerne annehme.

Danke Mama, Sarah und Anna, eure Meinung ist mir die Wichtigste!

Auch danken möchte ich meinem Mann, meinem Papa, Marina, Thomas, Chiara, Chris, Jenny, Nori, Peggy, Bella, Anja, Daniela, Jasmin, Yasmin, Nicole, Cindy, Tanja, Miri, Tamara, Gundula, Filiz, Manu. Ihr wisst ja, wie lieb ich euch habe und ich hoffe, ich habe niemanden vergessen!

Über die Autorin

Eni Lu wurde 1989 in einer kleinen Stadt geboren und wuchs in einem noch kleineren Dorf auf. Sie liebt das Lesen, das Schreiben und das Träumen. Des Weiteren geht sie gerne Campen, unternimmt viel mit ihrem Mann, ihren Freunden und ihrer Familie, liebt ihre kleinen Hunde und tanzt jeden Tag auf der Hintergrundmusik ihres Lebens durch die Welt.

Bisher erschienen

Honigkuchenprinz

Lindas Leben ist von Routine geprägt. Seit sie von ihrer vermeintlich großen Liebe verlassen wurde, kommt sie aus dem Trott nicht mehr raus. Was auch immer ihre beste Freundin Helena versucht, um sie in das Leben zurückzuholen, was eine 26-Jährige in einer großen Stadt führen sollte, misslingt. Einzig dieses kribbeln, dass sie immer spürt, wenn er in der Nähe ist, lässt sie kurz alles vergessen ...

One-Way-Ticket – Solange du neben mir liegst

Als die 18-jährige Studentin Anna nach New York fliegt, freut sie sich auf drei ereignisreiche Wochen mit ihrer besten Freundin Samy, die seit mehreren Monaten dort wohnt. Sie lernt nicht nur ihre Tante und ihren Freund, sondern auch den eigenartigen und verschlossenen Aiden kennen, der weder fremde Menschen anschauen, noch mit ihnen sprechen kann ... bis er Anna begegnet.

Mit Seifenblasen fliegen lernen

Dass die Liebe nicht immer einfach ist, musste Emilia schon in jungen Jahren erfahren.

Der plötzliche und unerwartete Kontaktabbruch zu ihrer ersten großen Liebe hat tiefe Narben hinterlassen, die auch nach 10 Jahren noch nicht verblasst sind. Dass sie ihn nicht aus dem Kopf bekommt, könnte daran liegen, dass es sich bei ihm um keinen geringeren als Liam James Carter handelt, dem weltbekannten und erfolgreichen Rockstar, der von den Medien und der Frauenwelt vergöttert wird.

Was auch immer Liam versucht, um seine geliebte Milli zu vergessen, es will nicht funktionieren.

Doch die Schmerzen, die sie ihm zugefügt hat, sitzen noch immer tief. Selbst sein Image, das eines egoistischen und rotzfrechen Machos, kann er nicht aufrechterhalten, wenn es um seine erste große Liebe geht.

Eine Geschichte über Freundschaft, Verbundenheit und die Einsicht, dass nicht immer alles so ist, wie es scheint.

Deine Briefe – Du erinnerst mich an Liebe

»Vor 8 Jahren hast du mir, ohne dass du es wusstest, so viel Kraft und Hoffnung gegeben. Du hast mir meinen Schmerz und meine Probleme aus der Hand genommen und sie nie wieder losgelassen. Du stärkst mich in jeder Sekunde, in der ich an dich denke. Mein Weg war bis jetzt grau, kalt und schwer, doch du bist die Helligkeit, die Wärme, die Leichtigkeit. Du bist mein Licht, Salo!«

Schon immer war Salome eine Außenseiterin, die nie den Kontakt zu anderen fand. Das Wort "Freunde" existierte in ihrem Wortschatz nicht, bis sie durch ein Schulprojekt Julin kennenlernte. Über Jahre hinweg war er es, der sie verstand und immer für sie da war, obwohl sie sich nie begegnet sind.
Doch als Julin sich plötzlich nicht mehr meldete, sollte sich genau das ändern ...

Wenn Sorge größer ist als Vernunft.
Wenn der Wille die Angst besiegt.
Wenn Erinnerungen alles sind, was noch zählt.
Wenn Liebe überwiegt.

XXL Leseprobe

Deine Briefe – Du erinnerst mich an Liebe

Prolog

Endlich war es wieder so weit. Ich stand an meinem Briefkasten und bekam das Lächeln nicht aus dem Gesicht, denn mein kurzer Moment in ein anderes Leben wartete auf mich. Ein Moment, der mir seit so vielen Jahren alles bedeutete. Seit nun fast 8 Jahren gab es jemanden, der mir mein ödes Leben verschönerte, dem ich alles anvertrauen konnte und der mir jedes Mal aufs Neue ein Lächeln ins Gesicht zauberte. Es gab niemanden, der so viel über mich wusste, wie er. Und das komplett ungesehen, denn wir waren uns noch nie begegnet …

8 Jahre zuvor …

»Seit es das Internet und andere Kommunikationswege gibt, ist das Briefeschreiben aus der Mode gekommen. Dabei ist es noch immer der schönste Weg, mit anderen Menschen in Kontakt zu bleiben. Schon in der Bibel …«, da war sie auch schon dahin, meine Aufmerksamkeit. Unser Deutschlehrer, Herr Köhnen, hätte den Vortrag nicht langweiliger gestalten können. Doch was erwartet man auf einer katholischen Mädchenschule, die prüder und regelreicher nicht sein könnte?

»… deshalb haben wir uns den umliegenden Schulen angeschlossen und nehmen zum ersten Mal an dem Projekt Brieffreundschaften teil. Dazu werden uns Patenklassen aus ganz Deutschland gestellt, die ebenso daran teilnehmen. Es wurde ausgelost und ihr dürft mit eurem Brief beginnen!«, ich wurde wieder hellhörig, denn das Schreiben gehörte zu meinen Lieblingsbeschäftigungen.

»Die Brieffreundschaften werden euch das ganze letzte Jahr auf der Schule begleiten und ihr könnt nicht selbst wählen, mit wem ihr in Kontakt tretet. Die Briefe werden per Zufallsprinzip auf der anderen Schule vergeben. Hier ist euer erster Papierbogen, auf dem ihr alles schreiben dürft, außer eure Adresse oder Telefonnummer. Die Briefe werden von uns abgeschickt und nach zwei Wochen erhaltet ihr eine Rückantwort. So wird es von nun an ablaufen!«, er lief durch die Klasse und verteilte die Bögen, auf denen schon vorgegeben war, wie ein Brief aufgebaut sein sollte, was man schreiben durfte und was nicht.

»Werden die Briefe denn nur an weiteren Mädchenschulen verteilt oder könnte es auch sein, dass man einen Brieffreund bekommt?« Lea, die direkt neben mir saß, konnte sich ein schüchternes Kichern kaum verkneifen.

»Soweit ich weiß, nehmen auch gemischte Schulen an diesem Projekt teil. Da ausgelost wird, haben wir darauf keinen Einfluss, also ist es möglich!«, viele der Mädchen kicherten jetzt noch lauter und fingen an zu tuscheln. Mir war es vollkommen egal, ob Brieffreund oder Brieffreundin, denn ich hatte bisher nur wenig Erfahrung, was Freunde im Allgemeinen betrifft. Schon immer war ich eine Außenseiterin, wie sie im Buche steht. Langweilig, unscheinbar und mit den wahrscheinlich schlimmsten Eltern gesegnet, die man sich nur vorstellen konnte. Auch wenn die anderen Mädchen ebenfalls in sehr christlichen Familien aufwuchsen, waren meine Eltern nicht zu toppen und oft ein Grund, warum ich nie den Kontakt zu anderen fand. Denn wir hatten keinen Computer, kein Handy, selbst einen Fernseher konnte man bei uns nicht finden. Wir hatten nur ein altes Telefon, Bücher und Gott.

»Salome? Beginnst du bitte auch zu schreiben?«, Herr Köhnen stand direkt vor mir und sah mich mit fragendem Blick an. Als ich mich umschaute, schrieben die Anderen schon fleißig. Ich nickte ihm freundlich zu und begann meinen ersten Brief.

Hallo Unbekannte! Oder Unbekannter?

Mein Name ist Salome, ich bin 16 Jahre alt und komme aus einem Dorf, dessen Namen ich dir nicht nennen darf. Ich kann dir nur sagen, dass es mit Abstand der langweiligste Fleck Erde ist, auf dem man leben kann! Es gibt mehr Kühe als Menschen und mehr Wiesen als Straßen. Alleine der Weg zur Schule kostet mich jeden Morgen 40 Minuten, obwohl der Bus an kaum einer anderen Haltestelle halten muss. Meine Hobbys sind lesen, schreiben und spazieren gehen. Leider immer nur alleine, da ich keinen Hund haben darf, aber manchmal nehme ich den Nachbarshund mit. Ich freue mich schon, etwas von dir zu hören.

Unbekannte Grüße,

Salome

Ich faltete den Brief wie vorgegeben, warf ihn beim Verlassen des Klassenzimmers in die Box, die einen Briefkasten darstellen sollte und ging mit einem Lächeln in die Pause. Das geschah relativ selten, da mir meine Mitschüler das Leben nicht leicht machten. Doch vielleicht musste ich das letzte Schuljahr nicht alleine durchstehen ...

2 Wochen später ...

Herr Köhnen betrat den Raum und hatte eine große Kiste dabei. Alle warteten sehnsüchtig auf die Briefe, die wir in dieser Woche bekommen sollten.

»So meine lieben Schülerinnen, ihr habt Post! Ich kann die freudige Nachricht verkünden, dass alle eure Briefe beantwortet wurden. Viel Spaß beim Lesen, die Rückantwort könnt ihr am Ende der Stunde in den Briefkasten werfen!«, er nahm einen großen Stapel Briefe aus der Kiste und begann sie zu verteilen. Als ich meine Antwort in der Hand hielt, faltete ich sie vorsichtig auf und konnte sofort an der Schrift erkennen, um welches Geschlecht es sich bei meiner Brieffreundschaft handelt.

Hallo Salome!

So einen Namen habe ich noch nie zuvor gehört, wie spricht man ihn aus? Ich heiße Julin und bin 17 Jahre alt. Ich komme aus einer großen Stadt, die ich dir allerdings auch nicht nennen darf. Ich wohne mit meiner Mutter und meinem Stiefvater in einem Mehrfamilienhaus, in dem ich noch nicht einmal meine Nachbarn kenne. In meiner Freizeit gehe ich viel raus, gucke mir Filme an oder höre Musik. Ich hätte auch gerne einen Hund, aber hier in der Stadt ist das unmöglich. Über eine Antwort würde ich mich freuen!

Nicht mehr ganz so unbekannte Grüße,

Julin

Ich las mir den Brief noch mehrere Male durch und musste jedes Mal aufs Neue lächeln. Er schrieb locker und frei, was mir sehr gut gefiel.

»Na super, ich habe eine Brieffreundin! Zeig mal, wen du hast!«, Lea nahm mir den Brief blitzschnell aus der Hand, sodass ich keine Chance mehr hatte, ihn zu greifen.

»Leute, hört mal, Salami hat einen Kerl!«, da war er wieder, mein Spitzname, den ich über alles hasste. Mein Blick senkte sich, als Herr Köhnen schon auf Lea zukam und ihr den Brief abnahm. Er legte ihn vor mich und ermahnte sie, doch die ganze Klasse lachte weiter. Was war so lustig daran? Immerhin war ich nicht die Einzige, die einen Brieffreund erwischt hatte!

»Herr Köhnen, ich würde gerne mit Salam … ehm … Salome tauschen. Ich denke, dass meine Brieffreundin besser zu ihr passt. Sie hört sich genauso langweilig an wie sie!«, wieder fing die ganze Klasse an zu lachen, doch Herr Köhnen unterband es, indem er einen scharfen Ton anschlug.

»Schluss jetzt! Es wird nicht getauscht! Hört auf zu lachen und kümmert euch um eure eigenen Briefe!«

Schnell wurde es ruhiger in der Klasse und ich begann mit meiner Antwort.

Hallo Julin,

dein Name gefällt mir, obwohl ich ihn auch noch nie gehört habe. Mein Name wird so ausgesprochen, wie man ihn schreibt, mit einer Betonung auf dem ‚e‘. Es ist ein biblischer Name, mit dem meine Eltern mich schon kurz nach meiner Geburt bestrafen wollten. Manchmal wäre ich froh meine Nachbarn nicht zu kennen, denn hier auf dem Land weiß jeder etwas über den anderen, ob es wahr ist oder nicht. Wie ist das Leben in der Stadt sonst so? Ist es wirklich so laut, wie immer alle sagen? Leider war ich noch nie außerhalb dieses Dorfes unterwegs und kenne nichts Anderes, aber vielleicht kannst du mir ja etwas von deiner Welt ‚zeigen‘!

Glückliche Grüße,

Salome

Und das hoffte ich inständig, denn ich hätte alles dafür gegeben, um diesem Ort für nur wenige Minuten zu entkommen.

Weitere 2 Wochen später ...

»Na, Salami! Wartest du schon sehnsüchtig auf einen Brief deines Lovers?«, Lea und ihre Freundinnen standen an unserem Tisch und schüchterten mich mit ihrer bloßen Anwesenheit ein.

»Sei froh, dass es nur eine Brieffreundschaft ist, denn wenn er dich sehen würde, wäre es mit den Briefen schnell vorbei!«, ihr ganze Clique lachte und stimmte ihr zu. Tränen sammelten sich in meinen Augen, doch ich konnte sie wegblinzeln. Zum Glück betrat Herr Köhnen den Raum und die kleine Gruppe löste sich auf. Er stellte die Kiste auf den Tisch und verteilte die Briefe, die einige von uns erwartungsvoll und aufgeregt, andere gelangweilt und uninteressiert aufrissen.

Hey Salo,

ich darf dich doch so nennen, oder?

Mir gefällt dein Name übrigens auch sehr gut, vor allem, seit ich weiß, wie man ihn ausspricht! Das Problem mit den Eltern kenne ich gut. Sie haben mir zwar nicht mit meinem Namen das Leben schwer gemacht, schaffen es aber auf andere Art und Weise sehr gut. Ich kann es kaum erwarten, endlich 18 zu werden und von hier weg zu kommen. Ich werde zwar in der Stadt bleiben müssen, da ich hier eine Ausbildung beginne, doch bei meiner Mutter und ihrem Macker hält mich nichts mehr!

Die Stadt ist wirklich sehr laut, außerdem stinkt es hier an jeder Ecke. Ich war noch nie auf dem Land und habe, um ehrlich zu sein, noch nie eine echte Kuh gesehen. Nur die in der Schokoladenwerbung, aber ich glaube kaum, dass Kühe wirklich

Lila sind, oder etwa doch? ;-) Ich zeige dir gerne etwas von meiner
Welt, wenn du mir im Gegenzug etwas von deiner zeigst, Deal?

Großstadtgrüße,

Julin

P. S. Die Briefbögen sind viel zu klein!

Noch nie hatte mir jemand einen Spitznamen gegeben, ohne mich damit ärgern zu wollen. Ich konnte es kaum abwarten meinen Stift in die Hand zu nehmen, um ihm zu schreiben und ich wusste schon zu diesem Zeitpunkt, dass ein Jahr nicht genügen würde …

Kapitel Eins

Salome

Mit einem Glas Wein in der einen und einer Tafel Schokolade in der anderen Hand setzte ich mich auf meine gemütliche Couch und öffnete den Brief. Wie jedes Mal berührte ich ihn so vorsichtig und zaghaft, als wäre er ein vertrocknetes Ahornblatt, das bei einer zu groben Berührung auseinanderfällt.

Meine liebste Salo,

dein letzter Brief hat mir mal wieder gezeigt, dass du die Einzige bist, die mich wirklich kennt. Taylor, der mir jeden Tag in die Augen sehen kann, merkt nicht, dass mit mir etwas nicht stimmt. Und du? Du hörst etwas raus, obwohl du mich nicht hörst. Du siehst, wie es mir geht, obwohl du mich nicht siehst. Du spürst etwas, obwohl du mich noch nie gespürt hast. Mir geht es seit dem letzten Brief wirklich schlechter, denn meine Mutter macht mir große Sorgen. Es wird immer schlimmer mit ihm, Salo, und ich bekomme sie einfach nicht von ihm weg. Ich habe Angst, dass ich irgendwann die Nerven verliere, wie so oft, wie früher …

Meine Besuche bei ihr werden immer kürzer und ich komme einfach nicht zu ihr durch; kam ich noch nie. Aber genug von mir! Geht es dir mittlerweile wieder besser? Ich habe mir so Sorgen um dich gemacht, dass ich fast deine Nummer gewählt hätte. Okay, um ehrlich zu sein, hätte ich mich fast in mein Auto gesetzt und wäre

einfach zu dir gefahren. Aber ich werde mich an unser Versprechen
halten, so schwer es mir auch fällt …

Liebste Grüße,

dein Julin.

P.S. Du hast lange nichts mehr von Maria und Josef hören
lassen. Hast du sie inzwischen ans Kreuz genagelt?

Ich lachte laut auf und trank einen Schluck Wein. Mit
Maria und Josef meinte er meine Eltern, die leider
wirklich so hießen. Okay, mein Vater hieß eigentlich
Karl-Josef, aber er wurde meist nur Josef genannt. Auch
nach so vielen Jahren brachten sie mich noch immer auf
die Palme, denn an ihrer Liebe zu Gott und der Kirche
hatte sich nichts geändert. Ich dagegen stellte in meiner
Jugend immer mehr infrage und glaubte irgendwann nur
noch an einen Gott, den ich mir selbst erschaffen hatte.
Einen Gott, für den ich nicht in die Kirche gehen musste,
um ihm nah zu sein. Denn dieser Gott war stets bei mir.
Der Gott der ungläubigen und genervten Töchter!

Ich las Julins Brief ein weiteres Mal und aß dabei ein
Stück meiner Lieblingsschokolade. Vollmilch mit
Haselnüssen. Dass sich Julin Sorgen machte, setzte auch
mir zu. Er hatte es nie leicht in seinem Leben und litt
unter Wutanfällen, die in seiner Jugend oft ausgeartet
waren. Auch wenn er sich mittlerweile besser unter
Kontrolle hatte, wusste ich, dass gerade in Bezug auf
seinen Stiefvater der kleinste Tropfen das Fass zum
Überlaufen bringen konnte. So oft hatte ich das
Bedürfnis, ihm nicht nur mit meinen geschriebenen

Worten, sondern auch mit richtigen Worten Mut zuzusprechen, doch wir hatten seit mehreren Jahren eine Vereinbarung. Egal wie sehr wir es wollen; unser Kontakt wird sich nur auf die Briefe beschränken.

Das letzte Schuljahr ging viel zu schnell vorbei und unsere Bekanntschaft hatte sich zu einer Freundschaft entwickelt. Mein bester Freund, der mich so lange Zeit durch mein Leben begleitete. Ich wollte ihn nicht verlieren und ihm ging es ebenso. Wir tauschten in unseren letzten Briefen unsere Adressen und schrieben ab sofort privat weiter. Als wir endlich volljährig waren, hatten wir oft vor uns zu treffen, doch es hatte nie funktioniert. Uns fehlten Geld und Zeit, zudem hatten meine Eltern immer etwas dagegen. Ihr kleines Mädchen in der großen Stadt? Alleine in Berlin? 600 Kilometer weit von zu Hause entfernt? Bei einem Fremden? Niemals! Als wir dann mit unseren Ausbildungen fertig waren und wir mehr Zeit und Geld hatten, bekam ich kalte Füße. Was, wenn Lea damals recht hatte? Wenn er mich sieht und den Kontakt abbrechen will? Er war mein einziger Freund und bedeutete mir so viel, ich durfte das alles nicht aufs Spiel setzen. Also bat ich ihn um die Vereinbarung, um das Versprechen, dass mir die Freundschaft zu ihm sichern sollte. Er nahm es an, obwohl er ziemlich betrübt war, mich nie sehen zu können.

Ich war nicht hässlich, aber fand mich auch nicht wunderschön. Wenn ich in den Spiegel schaute, sah ich eine durchschnittliche junge Frau. Ich hatte eine normale

Figur, war nicht sehr groß, meine braunen langen Haare fielen unspektakulär über meine Schultern und meine Nase war klein und spitz. Das Einzige, das ich an mir besonders fand, waren meine Augen. Sie waren nicht nur hellgrün, sondern giftgrün.

Alles in allem konnte ich mich nicht beschweren, doch ein Männermagnet war ich noch nie. Ich hatte erst zwei Freunde in meinem Leben, die aber alle nicht nennenswert waren. Idioten, die sich im Nachhinein doch von Lea und ihrer Clique um den Finger wickeln ließen und mich verlassen haben. Nach der Schulzeit ging es dann männertechnisch noch mehr bergab, denn die Auswahl in unserem Dorf war einfach miserabel und die Männer aus dem Rechtsanwaltsbüro, in dem ich arbeitete, waren für mich tabu.

Außerdem gab es da noch Julin. Ich glaube nicht, dass mich je ein Mann so verstehen könnte, wie er. Er weiß einfach alles von mir, kennt jede Macke, jede Kleinigkeit, die mich ausmacht. Nur nicht mein Aussehen oder meine Stimme. Und das sollte sich nicht ändern …

***

Nachdem ich am nächsten Tag meinen Brief zur Post gebracht hatte, besuchte ich meine Eltern, die noch immer in meinem Elternhaus direkt neben der Kirche wohnten. Ich war schon zwei Jahre zuvor ausgezogen, wenn auch nur ein paar Straßen weiter, in ein altes, gemütliches Haus. Es war ziemlich weit außerhalb, was ich willkommen hieß, denn ich war schon immer eine Einzelgängerin. Ich liebte meine Eltern, doch ich konnte ihren Lebensstil nicht länger unterstützen. Ich wollte mit der Zeit gehen und das war mir bei ihnen nicht möglich. Sie flippten schon aus, als ich eines Tages mit einem Smartphone nach Hause kam, denn das benötigte ich für die Arbeit. Die Arbeit, die auch ein ständiges Streitthema gewesen war. Denn in den Augen meiner Eltern durfte niemand über andere richten, außer Gott.

Ich lief durch unseren Ort und grüßte alle Bewohner, die mir entgegenkamen oder an diesem schönen Tag im Garten saßen. Jeden von ihnen kannte ich, da es nur knapp 30 Haushalte gab und gerade die älteren Herrschaften freuten sich jedes Mal, wen ich ihnen begegnete. Meine Eltern waren in der christlichen Gemeinde sehr hoch angesehen und das Benehmen, welches sie mir von klein auf beibrachten, erfreute andere Menschen sehr. Zudem war ich sehr hilfsbereit und erledigte die ein oder anderen Einkäufe für die Bewohner, die nicht mehr so gut zu Fuß waren oder keine Möglichkeit hatten, in den Supermarkt im Nachbardorf zu fahren.

»Salome! Wie schön, dass du uns besuchen kommst!«

»Hey, Mama. Geht's euch gut?«

»Uns geht es wie immer großartig! Hast du schon die Blumen gesehen, die ich heute Morgen an die Kirchenmauer gepflanzt habe?«

»Ja, bin gerade dran vorbeigelaufen!«

»Und?«

»Und was?«

»Wie findest du sie?«

»Schön ... bunt?«

»Ja das finde ich auch! Die Frauen werden entzückt sein, wenn sie diese bei der Sonntagsmesse sehen werden!«, meine Mutter war schon immer darauf bedacht, was andere Menschen von ihr und ihrer Familie hielten. Gerade deshalb war es immer sehr von Vorteil, dass ich meine Kindheit und Jugend im Stillen und alleine verbrachte. Sie hätte es nie geduldet, wenn ich wie die anderen Mädchen um die Häuser gezogen wäre.

»Ja ... sie werden ausflippen!«

»Hach, das werden sie!«, übrigens verstand meine Mutter auch keinen Sarkasmus. Wir plauderten noch ein wenig, wobei es mehr um sie und die Kirche ging, als um mich oder irgendetwas, das mich interessiert. Mir machte es nichts mehr aus, denn ich war es nicht anders gewohnt. Nachdem ich mich verabschiedet hatte, ging ich zurück in mein Reich und las mir ein weiteres Mal Julins Brief durch, bevor ich ihn in die mittlerweile ziemlich große Kiste legte, in der ich alle Briefe aufbewahrte.

Gerne las ich sie mir durch, wenn es mir schlecht ging oder ich mich alleine fühlte. Die Einsamkeit machte mir in den meisten Fällen nichts aus, doch an manchen Tagen wünschte ich mir jemanden, der abends mit mir zusammen auf dem Sofa sitzt, einen Wein trinkt und sich mit mir über das letzte Stück meiner Lieblingsschokolade streitet. Vielleicht sollte es irgendwann diesen Einen geben, vielleicht war ich irgendwann nicht mehr alleine.

Kapitel Zwei

Salome

2 Monate später …

»Du handelst vorschnell und unbedacht! Vielleicht möchte er einfach keinen Kontakt mehr zu dir haben!«

»Das glaube ich nicht! Wir stehen uns so nah, das könnt ihr doch gar nicht beurteilen!«, ich rechtfertigte mich vor meinen Eltern, als wäre ich noch immer 16 Jahre alt.

»Wie könnt ihr euch denn nahestehen? Ihr kennt euch überhaupt nicht!«

»Wir kennen uns seit 8 Jahren!«

»Trotzdem werden wir es nicht zulassen! Du fährst nicht nach Berlin. Punkt.«

Trotzig stand ich auf und setzte mich auf die Holzbank, die auf der Veranda meiner Eltern stand. Seit fast zwei Monaten hatte ich nichts mehr von Julin gehört und ich machte mir große Sorgen um ihn. Schon vor zwei Wochen brach ich die Regel unseres Versprechens und rief ihn an, doch es antwortete nur die Mailbox mit einer automatischen Sprachansage. Ich versuchte es noch mehrere Male, doch jedes Mal hörte ich nur die gleiche Leier.

Ihr gewünschter Gesprächspartner ist zurzeit nicht erreichbar.

»Salome! Wir waren noch nicht fertig mit unserem Gespräch!«, Maria und Josef, die wahrlich heiligste Familie dieser Welt, kam auf die Veranda und setzten sich zu mir.

»Wir waren schon damals dagegen, dass du mit einem Jungen schreibst und jetzt möchtest du dich auch noch mit ihm treffen? Das werden wir nicht zulassen!«

»Ich mache mir große Sorgen um ihn, versteht ihr das nicht?«, schon vor drei Tagen hatte ich den Urlaub für eine Woche eingereicht, den ich sofort genehmigt bekam. Ich hatte mir, mit Ausnahme von ein paar Tagen, an denen ich im Garten arbeiten wollte, noch nie für eine längere Zeit freigenommen. Nun wollte ich morgen losfahren und hatte den großen Fehler begangen, meinen Eltern zu sagen, wo es hingehen soll.

»Außerdem könnt ihr mir nichts verbieten, ich bin 24 Jahre alt und kann machen, was ich möchte!«

»Salome! Du bist noch immer unsere Tochter, und wenn wir Nein sagen, dann hast du es auch gefälligst zu unterlassen!«, entsetzt sah ich sie an und sofort auf.

»Na schön! Sind wir hier dann jetzt fertig?«

»Du fährst also nicht?«

»Nein!«

»Dann sind wir fertig!«

Ich ging schnellen Schrittes und wütend von der Veranda, setzte mich in mein Auto und fuhr nach Hause. Wenn sie wirklich dachten, dass sie mich einfach so aufhalten könnten, hatten sie sich geschnitten. Meine

Koffer waren schon fertig gepackt und mein Entschluss stand felsenfest.

Keine 45 Minuten später machte ich mich auf den Weg nach Berlin. Zwar würde ich über Nacht fahren, doch mit viel Kaffee und ein paar guten CDs sollte es kein Problem sein. Keine Sekunde mehr wollte ich vergeuden, denn mein Gefühl, das etwas ganz und gar nicht stimmte, wurde nicht geringer.

Die Stunden vergingen und ich hielt mich mit schiefen Gesängen, Energiedrinks und kurzen Zwischenstopps wach, bis ich endlich das große Ziel erreichte.

Berlin.

Groß, laut, beängstigend.

Das Navigationsgerät führte mich mitten durch die Stadt, die, anders als in meinen Vorstellungen, nachts ziemlich ruhig war. Es herrschte kaum Verkehr und ich konnte mit meinen ländlichen Fahrkünsten ohne viel Stress an mein Ziel gelangen. Ich parkte auf dem hoteleigenen Parkplatz und machte mich ohne Gepäck auf den Weg zum Eingang, denn ich wusste nicht, ob ich so früh am Morgen schon einchecken konnte. Ich klingelte und musste einige Minuten warten, bis sich jemand durch die Freisprechanlage meldete.

»Hotel Gauler. Was kann ich für Sie tun?«

»Ja ... ehm ... Salome Rosenberg mein Name, ich habe bei Ihnen ein Zimmer gebucht und wollte fragen, ob ich jetzt schon einchecken könnte. Leider bin ich etwas zu früh dran!«, es raschelte und es hörte sich an, als würde die Empfangsdame in etwas blättern.

»Ah, ja, Frau Rosenberg! Ihr Zimmer ist zum Glück schon bereit, Sie können also gerne einchecken!«

»Das ist toll, Dankeschön! Ich hole mein Gepäck und bin sofort wieder da!«

Ich lief zurück zum Auto und nahm meinen Koffer sowie mein Handgepäck aus dem Kofferraum. Als ich wieder zurückkam, stand die Dame, die ich auf Mitte 40 schätzen würde, schon in der Tür.

»Kommen Sie rein, in der Nacht ist es noch sehr frisch draußen.«

»Vielen Dank!«, wir gingen zur Rezeption, an der ich einchecken konnte und die Dame überreichte mir den Zimmerschlüssel.

»Zimmer 316. Dritter Stock auf der rechten Seite. Mit Balkon und Badewanne. Ich wünsche Ihnen einen angenehmen Aufenthalt!«, ich bedankte mich ein weiteres Mal bei ihr und ging auf direktem Wege zum Aufzug, der mich in mein Stockwerk bringen sollte.

Oben angekommen stand ich in einem riesigen Flur, der schön anzusehen war. Die Böden und Decken glänzten in Fliesen, die Wände waren in einem mintgrünen Ton gestrichen. Ich ging an mehreren Zimmertüren vorbei, bis ich die meine entdeckte.

Ich öffnete die Tür, schaltete das Licht ein und stellte mein Gepäck in den Flur. Auch das Zimmer war in einem mintgrün gehalten, das Bett war riesig und sah bequem aus, das Badezimmer war ein Traum. Die Badewanne war nicht nur groß, sondern auch mit kleinen Düsen ausgestattet, die das Ganze in eine Art Whirlpool verwandeln konnten. Warum habe ich nie zuvor Urlaub gemacht?

Sofort zog ich mich um und legte mich in das Bett, denn ich musste mich von der Fahrt erholen. Ich kuschelte mich in die weiche Decke und nahm mein Handy in die Hand, welches ich zuvor auf den Nachttisch gelegt hatte. Wieder wählte ich Julins Nummer, doch er war nicht erreichbar. Die Angst, dass ihm etwas passiert sein könnte, war allgegenwertig. Schnell schloss ich die Augen und dachte an etwas Anderes. Etwas Schönes. Vielleicht würde ich ihn Morgen sehen, vielleicht wird sich alles aufklären und es handelt sich nur um ein dummes Missverständnis. Vielleicht hätten wir eine Chance. Vielleicht.

***

Ich streckte mich und gähnte laut auf. Selten hatte ich so fest geschlafen wie in dieser Nacht und ich fühlte mich wie ein neuer Mensch. Ich stand auf und öffnete die Balkontür, hörte sofort den Lärm der Stadt. Julin schrieb immer, dass man den Lärm irgendwann nicht mehr hören würde, aber ich wusste ganz genau, dass ich mich niemals daran gewöhnen könnte. Auch der Gestank war bestialisch. Abgase, Müll und Undefinierbares, gemixt mit zu viel Sonne und Hitze. Moment mal!

Hitze?

Sonne?

Wie spät war es?

Ich schaute auf den Wecker, der direkt neben meinem Bett zu finden war, und stellte fest, dass es schon nach Mittag war. Ich ging ins Bad und nahm nur eine schnelle Dusche, denn ich hatte viel vor. Die Badewanne musste also noch ein paar Stunden auf ihre Benutzung warten. Bereit für meine Mission machte ich mich auf den Weg und nahm mir einen Apfel von dem bereitgestellten Obstteller mit. Der sollte bis zum Abend reichen, denn in der gebuchten Halbpension war nur das Frühstück und das Abendessen inklusive.

Als ich in meinem Auto saß, stellte ich sofort mein Navigationsgerät ein. Julins Adresse kannte ich nach all den Jahren auswendig, sodass ich nicht nachschauen musste. Mein Ziel lag nur wenige Kilometer von mir entfernt und ich fuhr sofort los.

Dieses Mal stresste mich der Stadtverkehr vollkommen. Wie konnte man nur hier wohnen? So viele Menschen, so viele Autos, so viele Fahrräder. Alle lärmten rum, keiner achtete auf den Anderen und jeder war nur auf sein Wohl bedacht. Als ich nach sehr langer Zeit endlich einen Parkplatz gefunden hatte, ging ich zu Julins Adresse. Ein heruntergekommenes Mehrfamilienhaus lag in meinem Blickfeld und es sah genau aus, wie Julin es oft beschrieb. Ich wusste, dass er hier mit seinem besten Freund Taylor zusammenwohnte, denn seine Mutter hatte ihn rausgeschmissen, als er 18 wurde. Da er eh gehen wollte, war es für ihn ein leichtes dieses Leben hinter sich zu lassen. Das Leben mit einem gewalttätigen Stiefvater.

Ich schaute auf das große, vollgepackte Klingelfeld und suchte seinen Namen.

Julin Beck/Taylor Schmidt

Eine Gänsehaut bildete sich auf meinem Körper. Sein Name stand wirklich auf dem Schild neben der Klingel. Auf einmal war er real.

Ich klingelte mit zitternden Händen und wartete nur wenige Momente, bis ich den Summer hörte und die Tür öffnen konnte. Aus seinen Briefen wusste ich, dass er im vierten Stockwerk wohnte, denn er klagte oft darüber, wie anstrengend es war, Getränkekisten nach oben zu tragen. Ich ging die Treppen hoch zu seinem Stockwerk, doch alle Türen waren geschlossen. Hatte ich mich vielleicht doch vertan?

Ich ging an den Türen vorbei, an denen zum Glück Namen standen, und hielt an der dritten Tür an.

Ich klopfte.

Hörte Schritte.

Die Tür wurde geöffnet.

Ein blonder, ziemlich gut aussehender Mann stand vor mir und sah mich fragend an. Ob er es ist? Seine blauen Augen strahlten förmlich und der leichte Bartschatten machte ihn noch ein Stück weit attraktiver.

»Julin?«, hoffnungsvoll sah ich ihn an.

»Julin ist nicht hier! Wer will das wissen?«, sein Ton war strenger als sein Aussehen und schüchterte mich etwas ein.

»Mein … ehm … mein Name ist Salome. Ich komme aus …«

»Salome? Die Salome? Bist du seine Brieffreundin?«

»Genau die bin ich!«

»Ach du … oh mein Gott! Komm her!«, er kam näher auf mich zu und legte seine Arme stürmisch um meinen Körper. Ich war so perplex, dass ich seine Umarmung zuerst nicht erwidern konnte, denn mich hatte noch nie zuvor jemand Fremdes umarmt. Ein seltsames Gefühl, doch irgendwie vertraut. Vorsichtig legte ich meine Hände an seinen Rücken. Einige Sekunden hielten wir die Umarmung, bevor wir uns voneinander lösten.

»Komm rein! Möchtest du etwas trinken?«

»Ein Wasser wäre nett!«

»Kommt sofort! Setz dich doch schon mal ins Wohnzimmer!«

Ich ging in den Raum, den er mir per Handzeichen gezeigt hatte. Er war nicht sehr groß und spärlich eingerichtet. Ein schwarzes Sofa, ein kleiner Tisch davor, ein Fernseher und zwei kleine Kommoden. Ich setzte mich und ließ alles für einen Moment auf mich wirken, versuchte, die Situation zu verstehen.

»Er redet seit Jahren nur von dir und jetzt stehst du plötzlich vor der Tür! Unglaublich!«, freudestrahlend kam er zurück und stellte zwei Gläser Wasser auf den kleinen Tisch, setzte sich danach neben mich.

»Hattet ihr nicht die Vereinbarung euch nicht zu treffen?«, scheinbar wusste er mehr von uns, als ich dachte.

»Oh, wo bleibt mein Anstand!«, er setzte sich etwas auf und streckte mir seine Hand entgegen.

»Ich bin Taylor. Julins bester Freund und Mitbewohner.«

»Das habe ich mir schon fast gedacht. Er hat mir viel von dir erzählt!«

»Ich hoffe nur Gutes?«

»Meistens …!«, wir mussten beide schmunzeln und tranken einen Schluck aus unseren Gläsern.

»Also, was führt dich hier her?«

»Julin, er … hat sich seit zwei Monaten nicht mehr gemeldet. Ich habe schon versucht ihn anzurufen, aber es antwortet immer nur die Mailbox, da habe ich mir Sorgen gemacht.«

Taylors Augen wurden groß und ich ahnte Schlimmes. Wollte er also wirklich keinen Kontakt mehr zu mir?

»Fuck! Du weißt also gar nicht von … FUCK!«

»Von was, Taylor?«

»Er ist im Gefängnis. Untersuchungshaft.«

Nun wurden meine Augen groß und ich sah ihn schockiert an.

»Was? Warum?«

»Sein Stiefvater …«

»Er hat ihn doch nicht umgebracht, oder?«

»Nein, keine Sorge. Er hat ihn nur krankenhausreif geschlagen, als er seine Mutter besuchen wollte und gesehen hat, wie er sie verprügelte. Wie so oft.«

»Scheiße!«

»Ja, verdammte Scheiße! Aber es wird noch krasser. Seine Mutter hat ihn angezeigt.«

»Seine Mutter hat was?«, ich sprang auf und fuhr mir mit beiden Händen durch die Haare.

»So sieht es aus. Er verteidigt sie und sie zeigt ihn dafür an. Welch glückliches Familienverhältnis!«

»Weißt du, wer ihn verteidigt?«

»Er hat einen Pflichtverteidiger.«

»Perfekt! Hast du seine Nummer?«

»Ja, die habe ich. Was hast du vor?«

»Ihm einen richtigen Verteidiger besorgen!«

***

Nachdem ich mit seinem Pflichtverteidiger gesprochen hatte, rief ich meinen Chef an und erklärte ihm die Sachlage. Sofort setzte er alles in Bewegung und wollte uns helfen, denn mit seinen Vorstrafen und der aktuellen Anklage müsste er nicht zwangsläufig in Untersuchungshaft. Er selbst wollte nun mit dem Pflichtverteidiger sprechen und sich danach wieder melden. Aufgeregt saßen Taylor und ich noch immer im Wohnzimmer, lenkten uns mit ein wenig Plauderei ab, bis mein Handy klingelte.

»Herr Brandstein?«

»Salome, es ist alles geklärt. Er muss dem nur zustimmen und die Unterlagen unterzeichnen! Leider kann ich die Kanzlei momentan nicht verlassen, da am Ende der Woche die große Verhandlung ansteht. Du bist vor Ort und kannst alles klären. Hast du eine Möglichkeit die Unterlagen, die ich dir per E-Mail schicke, auszudrucken?«, ich schaute zu Taylor, der das Gespräch mitverfolgte, und er nickte mir zu.

»Ja, das ist kein Problem.«

»Gut. Ein Treffen kann schon morgen früh stattfinden! Den Termin schicke ich dir gleich mit. Denk bitte an deinen Personalausweis! Und, Salome?«

»Ja?«

»Wir bekommen das schon hin!«

»Ich erwarte nichts Anderes!«, schmunzelnd legte ich auf und schloss für einen Moment meine Augen.

»So hast du dir eurer ersten Treffen bestimmt nicht vorgestellt, was?«, ich öffnete die Augen wieder und realisierte erst jetzt, dass ich ihn morgen treffen sollte. Meinen Julin.

»Absolut nicht. Ich kann … ich kann das nicht!«, wieder sprang ich auf und lief im Zimmer auf und ab.

»Dein Chef sagte doch eben noch, für seine beste Mitarbeiterin macht er das gerne, und wenn du die Beste bist, dann kannst du das auch!«

»Was? Nein, das meine ich nicht!«

»Was denn dann?«

»Er … er wird mich sehen!«, ich schlug meine Hände vors Gesicht.

»Und das ist schlimm, weil …?«

»Was ist, wenn er mich abstoßend findet? Wenn er dann keinen Kontakt mehr zu mir will?«, ich sah Taylor an. Ein leichtes Lächeln lag auf seinen Lippen und er klopfte neben sich auf die Sitzfläche des Sofas. Ich setzte mich wieder neben ihn und ließ mich ins zurück ins Polster fallen.

»Wieso, liebe Salome, sollte er dich abstoßend finden?«

»Sieh mich doch an!«

»Glaub mir, dass mache ich schon die ganze Zeit!«, seine Blicke glitten von meinem Gesicht über meinen Körper und wieder zurück.

»Ich kann dir versichern, dass du dir darüber keine Sorgen machen musst!«

»Wie meinst du das?«

»Salome, du bist eine der hübschesten und natürlichsten Frauen, die ich je gesehen habe. Bist du gerade geschminkt?«

»Nein, ich …«

»Siehst du, einfach wunderschön! Ehrlich gesagt bin ich ziemlich neidisch auf Julin!«, er zwinkerte mir schmunzelnd zu.

»Weißt du, Julin hatte es nicht immer einfach in seinem Leben. Er lacht kaum und man sieht ihn selten lächeln, aber sobald er in den Briefkasten schaut und einen Brief von dir findet, bekommt er das verdammte Lächeln nicht mehr aus dem Gesicht. Du weißt gar nicht, was du ihm bedeutest!«, nachdenklich ließ ich meinen Kopf in den Nacken fallen, als Taylor meine Hand nahm.

»Wolltest du ihn deshalb nie treffen?«

»Ich hatte immer Angst, dass er mich danach im Stich lässt. Dass er mich nicht mehr will.«

»Glaub mir, er hatte oft dieselben Ängste. Er würde dich niemals abstoßen oder im Stich lassen. Erst recht nicht, wenn er dich sieht. Du bist … eine Granate!«, ich musste lachen, denn er sagte es mit hochgezogenen Augenbrauen und sah dabei furchtbar komisch aus.

»Wie wäre es, wenn du mir in aller Ruhe erzählst, wer dein Selbstbewusstsein so zerstört hat?«

»Das wird eine lange Geschichte!«

»Gut. Hast du schon viel von Berlin gesehen?«

»Noch nichts!«

»Ich hole meine Jacke!«

***

Das Telefon klingelte. Ich legte meine Hand auf den Hörer, nahm ab und hielt es mir an mein Ohr.

»Guten Morgen, Frau Rosenberg. Ich hoffe, Sie hatten eine angenehme Nacht. Wie gewünscht wecken wir Sie um 10:00 Uhr.«

»Vielen Dank!«

Ich legte den Hörer wieder auf das Telefon und streckte mich ausgiebig. Taylor und ich waren noch stundenlang unterwegs gewesen, lachten viel und kamen aus dem Reden nicht mehr raus. So endeten wir in einer Bar, in der es ausgezeichnetes Essen gab, und erzählten uns alles, was uns einfiel. Als ich ihm von Lea und ihrer Clique erzählte, konnte er es genau nachfühlen, denn auch er wurde als Jugendlicher gemobbt und ausgegrenzt. Bis er Julin kennenlernte. Er war immer größer als die Anderen und jeder hatte Angst vor ihm, er hat mich immer beschützt und war für mich da, wie ein Bruder!, sagte er. Auch sein Selbstbewusstsein, das genau wie meines kaum noch vorhanden war, baute er wieder auf und gab mir einige Tipps, wie auch ich es schaffen kann.

Ich stand auf und stieg direkt in die Dusche, die warmes Wasser auf meinen Körper tropfen ließ. Nach dem Duschen föhnte ich mir die Haare, schminkte mich dezent und stand nun vor meinem Koffer, den ich noch immer nicht ausgepackt hatte. Ich entschied mich für eine enge Jeans, ein weißes Top, eine kurze Jeansjacke und meine weißen Sneakers. Bevor ich mich auf den Weg machte, kontrollierte ich die Papiere auf Vollständigkeit und atmete tief durch. Jetzt war es so weit.

***

Ich saß in einem kleinen Raum, in dem sich nur ein Tisch und zwei Stühle befanden, und wartete sicherlich schon 10 Minuten. Mehrmals hatte ich die Papiere sortiert und ordentlich vor mich gelegt, um meine Nervosität ein wenig in den Griff zu bekommen. Die Anmeldung war ziemlich einfach, denn mein Chef hatte alle Vorkehrungen getroffen. Lediglich meinen Personalausweis musste ich vorzeigen. Auch alle Wertgegenstände musste ich abgeben, nur die Unterlagen durfte ich behalten. Und nun saß ich hier und knetete vor Aufregung meine zitternden Hände.

Eine Tür wurde geöffnet und ein uniformierter Mann trat ein. Ich sah ihn erwartungsvoll an, bis er einen Schritt zur Seite trat und ich ihn sah. Er war sicherlich noch einen Kopf größer als der Mann vor ihm und um einiges breiter. Seine Statur glich einem Adonis, einem wahren Gott. Seine Arme waren tätowiert und sehnig, als hätte er zuvor stundenlang trainiert. Mit gesenktem Blick trat er ein und setzte sich mir gegenüber. Als er mich anschaute, setzte mein Herz für einen kurzen Schlag aus.

Wunderschön.

Seine Haare waren relativ kurz und dunkelbraun, sein Gesicht markant und mit einer wundervoll reinen Haut gesegnet. Volle Lippen und eine gerade Nase rundeten das Ganze ab. Und dann waren da seine Augen. So dunkel, fast schwarz, und einzigartig. Umrandet von langen Wimpern und eingerahmt von vollen, dunkelbraunen Augenbrauen.

»Julin?«

»Der bin ich. Wer will das wissen?«, seine Stimme bescherte mir eine Gänsehaut. Dunkel, tief und heiser.

»Haben sie dir meinen Namen nicht genannt?«

»Sie sagten nur, dass jemand auf mich warten würde …!«, die Betonung hätte nicht gleichgültiger sein können. Er legte seine Hände auf den Tisch und knetete seine Finger, wich meinem Blick immer wieder aus.

»Ich bin … ich …«, sein Blick galt noch immer seinen Händen und das machte mich nervös. Warum wollte er mich nicht ansehen?

»Ich bin Salome!«

Stille.

Sein Blick schoss nach oben und er sah mich ungläubig an, sein Mund öffnete sich ein Stück.

»Ich habe mir Sorgen gemacht und da habe ich gedacht, dass ich …«

»Salo?«

»Ja«

»Mei … meine Salo?«, er ließ seine Schulter hängen und sein Blick wurde viel weicher, fast schon traurig. Selbst Tränen konnte ich in seinen Augen aufblitzen sehen.

»Ich denke schon, außer du kennst mehrere. Vor 8 Jahren kanntest du jedenfalls noch keine!«, ich schenkte ihm ein Lächeln, da ich selbst nicht wusste, wie ich in dieser Situation reagieren sollte. Er atmete schwer, seine Brust hob und senkte sich in einem schnellen Takt.

»Du bist es wirklich!«, nun schenkte auch er mir ein strahlendes Lächeln und griff mit beiden Händen nach meinen, die ich ihm sofort reichte. Er führte sie zu seinem Mund, schloss die Augen und küsste sie nacheinander. Blitze schossen durch meinen Körper und die geküssten Stellen kribbelten wie nie zuvor. Noch immer mit geschlossenen Augen und meinen Händen an seinen vollen Lippen sprach er weiter.

»Es tut mir so unendlich leid, Salo. Ich habe dir so viele Briefe geschrieben, aber ich durfte sie nicht abschicken. Ich habe schon gedacht, dass ich dich für immer verliere …!«, eine Träne löste sich aus seinen Augen und er schluchzte gegen meine Hände, mit denen ich seine fest drückte.

»Julin, du wirst mich nie verlieren! Du bist mir viel zu wichtig!«, er sah auf und schaute mir in die Augen, die inzwischen ebenfalls tränenüberflutet waren.

»Du weiß nicht, wie viel mir deine Worte bedeuten! Sobald ich aus der Untersuchungshaft entlassen werde und meine Freiheitsstrafe antrete, darf ich dir wieder schreiben. Wenn du das überhaupt noch willst?«

»Da fragst du noch?«, ich drückte seine Hände noch etwas fester, was seine Mundwinkel zucken ließ.

»Aber genau deswegen bin ich hier. Die Kanzlei, in der ich arbeite, hat deinen Fall übernommen. Du musst mir nur einige Sachen unterzeichnen, dann werden wir dich vertreten.«

»Salo, ich kann mir das nicht leisten. Ich habe kaum etwas gespart und ich weiß nicht, ob ich noch länger einen Job habe.«

»Mach dir um die Kosten keine Gedanken, aber glaub mir, mit uns hast du viel bessere Chancen als mit einem Pflichtverteidiger. Zudem hat mein Chef schon alles in die Wege geleitet, um dich bis zur Verhandlung hier raus zu holen.«

»Ich … ich weiß nicht, was ich sagen soll.«

»Dann sag nichts. Unterschreib einfach und wir reden draußen weiter!«, wieder lächelte ich ihn an, was er sofort erwiderte. Würde er meine Hände nicht halten, wäre ich bei diesem Anblick wohl schon längst vom Stuhl gefallen.

»Zeigst du mir, wo?«, ich nahm meine Hände aus seinen und sofort fehlte mir etwas. Als ich die Unterlagen vor ihm ausbreitete und ihm erklärte, worum es sich handelt, hörte er mir genauestens zu, nickte oft und stellte Fragen. Kurz bevor der uniformierte Mann uns sagte, dass die Besuchszeit zu Ende war, unterschrieb er alles.

»Wenn alles gut geht, sehen wir uns draußen wieder.«

»Ich weiß nicht, wie ich dir jemals dafür danken soll, Salo!«, die Art, wie er meinen Namen aussprach, den er mir vor Jahren gegeben hatte, war unglaublich.

»Das musst du nicht!«, ich stand auf und legte die Blätter übereinander, als er sich ebenfalls erhob. Er stand direkt vor mir und ich schaute nur auf eine durchtrainierte, breite Brust. Er war so groß, dass ich meinen Kopf in den Nacken legen musste, um ihn anzusehen.

»Also, dann bis …«, ich konnte den Satz nicht zu Ende sprechen, denn er legte seine großen Hände um meine Hüften und zog mich an sich. Sofort spürte ich seine Wärme, die ich nie wieder missen wollte. Ich legte meine Arme um seinen Rücken und erwiderte die Umarmung, nach der ich mich scheinbar so viele Jahre sehnte, denn in diesem Augenblick fühlte ich mich zum ersten Mal in meinem Leben komplett.

»Die Besuchszeit ist jetzt vorbei. Ich muss Sie bitten zu gehen!«, es fiel mir wirklich schwer mich von ihm zu lösen, doch ich wollte ihm auch keinen Ärger machen.

»Du fehlst mir jetzt schon!«, er gab mir einen Kuss auf die Wange und strich mir mit einer Hand über meinen Kopf, schaute mir traurig, doch gleichzeitig auch glücklich in die Augen.

»Du mir auch! Bis bald!«

»Bis bald!«